繼母的拖油瓶是我的前女友

5

世界上獨一無二的你

Kadokawa Fantastic Novels

「哦哦～兩手捧花呢」
「我覺得真正的花不會說自己是花。」
伊理戶水斗
Mizuto Irido
結女的前男友兼繼兄弟。把伊佐奈當成摯友，多少對她比較縱容。
東頭伊佐奈
Isana Higashira
輕小說宅少女，基本上是個邊緣人。雖然被水斗甩了，卻仍繼續單戀他。
CLOSE

川波小暮
Kogure Kawanami
自稱「戀愛ROM專」靜觀水斗與結女的關係發展。
「呵呵，開心嗎？」
伊理戶結女
Yume Irido
升上高中時成功轉型為美少女優等生。水斗的前女友兼繼姊妹。
南曉月
Akatsuki Minami
川波的青梅竹馬兼前女友。還是一樣迷結女迷得要命。

「嗯～……」
在床上一屁股坐成W字形的東頭，
一邊以剛睡醒特有的迷糊聲音發出呻吟，
一邊用雙手抓住T恤的下襬，往上一拉。
感覺不像想要看自己的肚子。
那種掀起衣服的方式與速度，擺明了是——準備要脫衣服的動作。

繼母的拖油瓶是我的前女友 5

世界上獨一無二的你

紙城境介

插畫／たかやKi

Kadokawa Fantastic Novels

目錄 Contents

◆伊理戶水斗◆

在一大塊白色墓碑前，結女靜靜地雙手合十。

我不太喜歡墓地的氛圍。因為這種帶有強制性的肅靜氣氛，會突顯出我的空虛。

長眠於這個墳墓底下的，確實是我的親生母親沒錯。

但是，我沒見過她——只從遺照中見過她的長相；她有著什麼樣的嗓音，或是都喜歡講哪些話題，我一概不知情。

身為失去母親的孩子這個最惹人同情的角色，卻對失去的存在最沒有感情。

所以我很不喜歡掃墓，因為它會迫使我想起這個事實。

蹲在墓碑前靜靜闔眼的結女，在這點上應該也跟我一樣才對。

換成由仁阿姨，講到丈夫的前妻應該多少會有點感觸吧。但她只是由仁阿姨的女兒，不可能對我母親有任何感情。

可是，她的側臉，卻像是在對我母親傾訴些什麼……

自然而然地，我不禁想起那件事。

鄉下的夏日祭典。在那人跡罕至的小神社，煙火華麗燦爛地照亮結女的容顏，然後——

……她那挑釁般的眼神，究竟帶有何種含意？

想跟我復合？在這種環境下？根本瘋了。這問題不是一句話合法就能解決的吧？

萬一，我們又再次分手……

而且這件事還被老爸他們知道的話——

……就算她真有那個打算好了，為什麼不直接明講？

她若是願意明講，我就——我就怎樣？

……我那時打算怎麼面對這個問題？

不得要領的滿腹心思，在胸中盤繞不去。可惡，弄得我一整個不痛快……

「那我們去跟住持打聲招呼了。」

「結女你們在這裡等我們喔～」

掃墓結束後，他們要我跟結女在寺廟門口等一下。

我跟結女隔開大約一公尺的距離，故意抬頭仰望雨過天晴的夏季天空。

「…………………」

「……………………」

……超尷尬……

既不像是剛開始交往，也不像是交往中的時期，更不像是剛開始同住一個屋簷下的時候，氣氛令人非常不自在——還是說，只有我一個人想太多，她根本沒放在心上？搞不好現在正一臉若無其事地滑手機……？

我就像是準備摸一個滾燙的東西般，把視線慢慢轉向旁邊。

結果，我跟她對上了目光。

結女一直注視著我的眼睛。

被煙火照亮的容顏重回腦海。在極近距離下看到的，她那彷彿暗藏決心的眼眸在我眼前形成疊影。

看起來像是欲言又止。

我感覺她在用那雙眼睛告訴我，她有話好想好想跟我說。

沒關係嗎？

我真的可以聽妳說嗎？

然後——我可以，做出答覆嗎？

我全身緊繃，不再眨眼，猛烈地感到口渴——

思維堵塞不通，但我仍然下定決心——

忽然間，結女把臉別開了。

……嗄？

那女的把我撇在一邊，神色自若地開始滑她的手機。

好像對我已經完全不感興趣了。

「…………………………」

「…………………………」

——到底是怎樣啦！

◆　伊理戶結女　◆

「到底是怎樣啦！討厭————————！」

掃墓完回到家後，我撲到自己房間的床上，把臉埋進枕頭裡亂打亂踢。

這個身體怎麼這麼遲鈍？一點都不中用。

好不容易才跟水斗兩人獨處，還四目交接，我卻變得不知道該說什麼才好。腦袋裡亂成一團，好像變成了啞巴，害我忍不住把臉別開糊弄過去。

自從我們從鄉下回來，我就一直是這樣。

豈止不敢跟他說話，我連他的臉都不敢正視。只不過是待在同一個空間，就會讓我變得一整個坐立難安。因為不能讓媽媽他們看到我可疑的反應，我只能繃緊臉部肌肉故作鎮定。

他一定覺得我對他很冷淡吧……

不是這樣的。我只是不知道該怎麼辦！我的確下定了決心，要開口表白把他再次追到手！可是仔細想想，我國中的時候根本也沒有開口表白！就只是腦袋一陣亢奮然後一時衝動寫了情書，結果莫名其妙就成功了！

現在要正式上場了，我卻不知道該怎麼做……況且不久之前我們還在鬥嘴，現在再來裝可愛也沒意義……

啊啊啊啊——！我這個四個半月到底都在幹嘛啦！

……首先，我或許應該先讓他知道，我改變了心意。

對啊，早知道上次接吻的時候就該直接告白了。反正已經分手過一次，就算被拒絕也不會太受傷。然後只要不打退堂鼓，繼續進攻就行了。又不是推理小說裡的名偵探，什麼想等狀況萬無一失了再一次決勝負，根本只是膽小鬼的藉口。

現在開始還不遲。

只要我不怕失敗告訴他我又喜歡上他了，然後用態度或言語持續表達心意，或許就能從他心裡趕走我的昔日幻影——

「…………………」

——雖然……是有這個可能性沒錯……

可是現在，有點……怎麼說？時機不太恰當嘛。媽媽他們都在家，而且才剛掃完墓就告白，未免也太會挑時機了——

——叩叩。

「在嗎？」

「噫！」

水、水斗？

「妳在吧。我可以進去嗎？」

「可、可以是可以——不、不對不對不對！不行！還是不行！」

「可以我就進去了。」

「你怎麼這樣——！」

我從床上跳下來想跑去擋住門，但門喀嚓一聲先打開了。

水斗用機靈的眼神看看我，說：

「妳頭髮都亂了。在睡午覺？」

「嗚欸？」

我急忙看看化妝台，用手把亂髮簡單梳理一下，同時從鏡子裡偷看水斗的臉。水斗把重心放在單腳上，雙臂微微交疊從背後看著我。

從鏡子裡看著他，我還比較能保持冷靜……

「……你要幹嘛？」

想保持冷靜過了頭，結果語氣變得很暴躁。哎喲，我真是的！

「我想把話說清楚。」

水斗背靠著關上的房門，說：

「我現在已經不打算跟妳玩欲擒故縱那一套了。」

「……嗄？」

「我就開門見山地問了。放煙火時的那個吻是什麼意思？」

我心頭一驚全身緊繃，不敢回頭看他。

還……還能有什麼意思……接吻的理由不就那一百零一個嗎……！

鏡中的水斗離開靠著的房門，邁著大步往我這邊走來。

「是被氣氛影響了嗎？還是有其他理由？那個挑釁的眼神是什麼意思？我沒一件事情弄得懂。」

水斗抓住不敢回頭的我的肩膀，然後硬是用力拉了我一把。

我的身體轉過去，水斗的臉逼近眼前。

長睫毛鑲邊的知性眼瞳，直勾勾地射穿我的眼睛，束縛我的行動。

「有話想說就說清楚。」

叫……叫我，說清楚……要是辦得到我也不用這麼辛苦了啦！是說，什麼叫做被氣氛影響？把我的一大決心講得像是一時興起似的！是說你長得也太好看了吧！不要把那張帥臉靠我這麼近！害我又想親你了！可以嗎？不行？

煩躁、羞恥與慾望混合在一起，在腦中沸騰、膨脹，最後——

「——失……」

「失？」

「一時失去平衡啦！」

我六神無主地這樣大叫。

「你、你在誤會個什麼勁啊？就只是嘴唇碰到一下而已啊。又不是第一次！不要為了這點小事想東想西啦！還這樣長篇大論地念我，好像是我的錯一樣！我以前就是討厭你這一點——————！」

我順從脊髓反射一吐為快，講到上氣不接下氣。

「哈啊，哈啊……」等到大腦漸漸攝取到氧氣……我才慢慢地恢復理智。

……怎麼……搞的？我，剛才……

「…………………………」

水斗變得悶不吭聲，安靜而迅速地從我面前離開。

啊。

等……等一下。我不是有意要那樣——

「……喔，我懂了。」

聲音不帶感情。

「那真是對不起喔。」

我連找藉口的時間都沒有。

水斗只丟下這句話，就從我的房間離開了。

被獨自拋下的我，半晌之間只能呆愣地，注視著關上的房門。

然後——砰的一聲，無力地倒到了床上。

——很好，我搞砸了。

◆ 伊理戶水斗 ◆

「……可惡！」

我忍不住咒罵了一聲。因為卡在心裡的這股悶氣，我實在是不吐不快。

只是一時失去平衡。

是嗎？妳想這樣是吧，那好。反正不管那是蓄意還是無意，都無法改變我們是兄弟姊妹的事實，以及感情失和鬧到分手的過去。都無所謂了啦！無所謂！

就在我滿肚子火無處發洩時，手機震動了起來。

是來電。畫面上顯示「東頭伊佐奈」。

「喂，妳好。」

『喂喂～請幫我開門～』

對喔，她說過今天會來玩。

我走出房間下到一樓，在玄關套雙鞋子打開了門。

「水斗同學——！」

「唔喔！」

守在門口的東頭立刻衝上來，抱住了我的脖子。

我往後踉蹌幾步，好不容易接住東頭的體重後，像哄小孩一樣輕拍幾下她的背。

「不要一見面就熊抱啦。妳是我養的狗嗎？」

「不是啊——……因為太久沒見了嘛。你都不知道這幾天，我心裡有多害怕。還以為要孤獨死了呢。」

「孤獨死又不是像兔子死於寂寞的那種現象。別說這個了，妳差不多也該學學怎麼按門鈴了吧。」

「不要。要是水斗同學以外的人來應門，那豈不是很可怕？」

「六十公斤重的物體突然衝過來比較可怕吧。」

「你說誰六十公斤重了！」

「妳上次不是一臉跩相地跟我解釋過妳胸部有多重？把那列入考慮的話應該有這個重量吧。」

「胸部再大都不會算到體重上啦！」

東頭鬧脾氣地說，把臉在我脖子上蹭來蹭去。我摸摸她的後腦杓，用手指梳理她蓬鬆柔軟的頭髮。

梳著梳著，就覺得煩躁的心情漸漸平靜了下來。

「……動物輔助治療的功效還真是不容小覷。」

「我聽不太懂，但你是不是說我是動物？」

我從來沒想過要養寵物，不過假如這麼有效的話倒是值得考慮看看。

我拖著黏住我不放的東頭，先往我的房間移動。

途中經過客廳門口時……

「水斗——？東頭同學來了嗎——？」

「嗯。我們就在我房間。」

「歡迎妳來，東頭同學！等會我端點心過去喔！」

「不……不用客氣——……」

老爸與由仁阿姨都已經沒把東頭當外人了。反而是東頭適應力也太差了，講那麼小聲誰聽得見啊。

我們走上階梯，一進入我的房間，東頭就毫不客氣地逕自往裡頭走，在床沿一屁股坐下。

「呼——」

「別一副好像回到自己家裡休息的態度。妳是剛去旅遊回來嗎？」

「我會認床，不是水斗同學的枕頭就睡不著。」

「那妳每天晚上都是怎麼睡的？」

我不去理會整個人躺到我床上的東頭，拿起事先擺在桌上的一包東西。

「東頭，這給妳。」

「什麼？」

我把那包東西放在東頭的腦袋旁邊，她馬上翻過身來看看它。

「什麼東西？炸彈嗎？」

「怎麼思維跟恐怖分子一樣？就只是普通的伴手禮啦。」

「哦哦——！伴手禮！」

「車站有賣點心，我隨便挑的。妳就跟家人一起吃吧。」

東頭坐了起來，兩眼發亮地高高舉起伴手禮的盒子。

「伴手禮……我第一次收到朋友送我這種東西……」

「我猜也是。妳就心懷感激地把它變成熱量吧。」

「好的，我會跟全家人一起發胖。」

「根本恐攻嘛。」

東頭心情愉快地左右搖晃身體，我在她身旁坐下。

本來是想聊點回鄉下的旅途見聞……但很遺憾，沒什麼可以聊的。因為基本上我就只是窩在書房裡看書。

正在這樣想的時候，東頭忽然間說了：

「然後呢——？」

「嗯？」

東頭把伴手禮的盒子放在大腿上，眼睛望向我的書櫃說：

「怎麼會需要我的輔助治療呢？有事情讓你心煩嗎？」

「……我是覺得不太可能，但妳不會是想聽我訴苦吧？」

「沒有，只是好奇。」

「我想也是。」

我也不覺得這傢伙能給出什麼有建設性的解決方案。

「其實也沒什麼。只是覺得結——繼妹對我的態度很惡劣。」

我不禁有點遲疑，不敢叫她的名字。沒有為什麼，就是覺得在別人面前這麼做不太妥當。

「跟我目光對上卻不理我，跟她講話她卻凶我，感覺就像遲來的叛逆期。」

「是喔——這樣喔——」

「……我看妳是不感興趣吧？」

「真不好意思，明明是我自己開口問的。」

「好歹學習一下如何假裝認真傾聽吧……」

「要是辦得到我也不用這麼辛苦了啊……」

「把妳的看法說來聽聽。」

「咦——？嗯——會不會是月經來了？」

「這答案簡直爛透了！」

「就算不是好了，結女同學本身就有點情緒不穩定嘛。水斗同學你們回鄉下的期間，她還有打手機給我呢。說水斗同學的初戀對象怎樣怎樣的。」

「什麼？初戀？她是說圓香表姊嗎……那女的自己愛誤會，竟然還去四處散播謠言……」

「誤會一場？」

「對啊。」

「太遺憾了……戀愛中的正太水斗同學那麼可愛……」

「不要講得好像妳看過一樣。明明只是妳在妄想。」

「跟大姊姊一起洗澡，緊張羞怯的水斗同學……」

「我還是正太的時候她也只是個蘿莉啦。我們沒差那麼多歲。」

「那樣也挺邪惡的！」

我暫且不去理會鼻子粗重噴氣的東頭，把思緒放回正題上。

「情緒不穩定啊……妳說得的確有道理。」

「是吧？她情緒起伏很大的說——」

「我是覺得跟妳相比的話誰都會變成很激動的類型吧。」

「嗯……但我覺得我也不是很冷靜的類型耶。」

「要了解自己對任何人來說都不容易啦。」

「會嗎？不過我情緒低落起來也很厲害的。」

「被我甩了的時候怎麼沒看妳情緒低落到哪去……」

「只是恢復得快啦。總之我的意思是，結女同學應該過幾天也會平靜下來吧？在那之前就用我的輔助治療給你療癒吧～」

東頭說完，開始伸手戳我的臉頰。夠了啦，很煩耶。

我發動自動反擊功能，用雙手夾住東頭的腮幫子，把軟綿綿的臉頰擠壓到變形。

「不要這樣——！我要毀容了——！」

「怎麼會?很可愛啊……像章魚一樣可愛。」

「我聽見了!你想玩弄少女的純潔心情對吧!」

「講出去多難聽啊。我們不是朋友嗎?」

「你這樣講我,我不跟你做朋友了!」

我拿手腳亂揮拚命掙扎的東頭當玩具,發洩了一下壓力。

◆ 伊理戶結女 ◆

『怎麼會?很可愛啊——』

『——你想玩弄——』

『——我們不是朋友——』

『——我不跟你做朋友了——』

……………………………!!??

從隔壁房間隱約傳來的聲音,讓我錯愕不已。

咦?咦?剛才的說話聲……是東頭同學,對吧?

水斗說她可愛?水斗?水斗會講這種話?玩弄是什麼意思?為什麼不再做朋友了?該不

會——

我腦中浮現出一絲不掛的東頭同學，以及溫柔地推倒她的水斗。

終於——他們倆終於……！

為、為什麼？為什麼為什麼為什麼！因為有一段時間沒見面了？還是說是因為我剛才搞砸了，他受夠了我就轉而投向東頭同學——

等一下。

冷靜下來。我慌了，我太慌張了。不可以這樣一路亂猜下去。我又沒有證據。剛才的聲音也是，我並沒有聽清楚他們在說什麼。很有可能只是我誤會或聽錯了。

我已經長大了。

不會再像過去跟水斗鬧翻的時候那樣，犯下愚蠢的過錯。

「……好……！」

去確認一下吧。

隔著牆壁只聽聲音就做判斷才會這樣胡思亂想。我必須親眼確認真相……雖然有點怕怕的……不過我諒他們倆也做不出什麼好事來。絕對是我想太多了。對，沒錯。等一下應該就會知道是我弄錯了……

走吧。

我悄悄離開自己的房間，躡手躡腳地走在走廊上。水斗的房間就在我隔壁，走路小心一點絕對沒壞處。

把門打開一小條縫，悄悄確認一下就好。這不是偷窺。我只是以那個男人的姊妹身分，以東頭同學的朋友身分，想監視他們有沒有做出不檢點的行為而已……

我伸手去握門把。撲通撲通的心跳聲，吵得我什麼都聽不見。我往手掌施加力道。感覺身體好像重重地震盪了一下，讓我有一瞬間躊躇不前。

然後——

我看到水斗推倒了東頭同學。

從微微開啟的門縫之間……

我看到東頭同學靜靜閉著眼睛，躺在地板上。

還有水斗滿懷憐愛地注視著她的臉龐，壓在她的身上。

我的視野變得搖擺不定，忽明忽暗……

「——哎喲～」

就在我以為自己快要昏倒的瞬間，背後突然傳來的聲音嚇得我渾身一震。

水斗與東頭同學嚇了一跳看向我們這邊，我也轉頭看向背後。

媽媽端著托盤站在我後面。

她從我背後探頭往房間裡看，三八地露出邪笑。

「本來是想端點心給你們吃，但好像時機不對喔。我晚點再過來，你們慢慢來～」

「啊……等一……！由仁阿姨！」

媽媽沒理會水斗的制止，一邊開開心心地哼著歌說：「被我看到了，被我看到了～♪」一邊走下階梯。

就這樣，只有我一個人被拋下。

「…………………」

「…………………」

我與水斗四目交接。

我能說的只有一句話：

「……你們慢慢來～……」

「喂，妳給我站住！」

才不要！

跟過來的時候正好相反，我踩著咚咚咚的腳步聲逃回了自己的房間。

「……嗚嗚……嗚嗚……」

大家好，我是敗犬一隻。

這場戰爭結束得真快。僅僅不到兩天就分出勝負了。

應該說，我本來並沒有把東頭同學當成敵手。

我本來以為他們倆講了半天，其實都已經沒有那個意思了。

沒想到，竟然會……我不過就是有點害羞，對他態度惡劣了一點而已，竟然這麼容易就……嗚嗚嗚～……！

那個男的也真差勁。前天才剛發生過那種事情，今天竟然就把女生帶進房間裡做色色的事……！腦袋裡到底在想什麼？那為什麼跟我的時候就退縮了！為什麼對東頭同學這麼快就敢出手！豬頭！假正經！發情期！巨乳控星人！

我實在無法承受這份心中湧起的痛。

無意識之中，我拿起了手機。

我打給了上高中之後，通話時間最長的朋友。

『喂！結女妳回來啦！我好想妳喔～～～！』

「……咬A童鞋……」

『咦？這是怎樣？你是誰？殭屍打電話給我？』

◆　伊理戶水斗　◆

「哇～我們被誤會了呢～！」

「不要講得這麼開心。」

這是我認識她以來聲調最高亢的一次。原來妳還能發出這種聲音啊。

東頭在我的床上興高采烈地擺動著雙腿說：

「她們完全以為我們上壘了呢～！從明天開始她們就會用『這兩個人昨天……』的那種眼神看我們了呢～！」

「我在這裡煩惱，妳卻在那裡興奮個什麼勁啊！妳或許是無所謂，但我可是跟她們倆住在同一個家裡耶！妳能體會那種家人嘴上不說卻小心翼翼對待妳的心情嗎！」

「沒關係啦，晚點再解釋清楚就好了呀。現在就先享受一下這種虛假的優越感嘛。」

「自己也知道是假的啊……」

「我是覺得弄假成真也無所謂喔？」

說完，東頭在床上變成了仰躺姿勢。

豐滿的胸部變成朝上，但可能是有胸罩支撐的關係，並沒有輸給重力而變形。

而東頭用一種索求的眼神凝視著我——

「——不覺得這個動作滿情色的嗎？缺乏防備地仰躺凝視對方這樣。」

「是是是，很情色很情色。」

「唔——！偶爾就滿足一下女生的自尊心又不會怎樣！」

妳又有那種自尊心了？

就在我陪東頭聊一些冷到不行的笑點時，手機開始震動了。

來電？……南同學打來的？

「喂，妳好。」

『你現在可爽了對吧！』

嗄？這種打招呼方式也太新奇了吧。

『真佩服你這麼快就能接電話！正在休息？中場時間嗎？是不是很想掛我電話馬上進入第二回合啊！是不是期待著要揉東頭同學的巨乳心癢難耐了啊！難怪我那樣倒追你都沒興趣！』

「我聽不懂妳在說什麼，總之妳冷靜——」

「水斗同學——接下來換成趴著怎麼樣——？」

『接著要從後面來了是吧——！』

「東頭！我在講電話不要跟我說話！」

我好不容易才讓從一開始就暴跳如雷的南同學冷靜下來，把事情問個清楚。

看來是有所誤會的結女向她求救了。

『欸，你知道我在生什麼氣嗎？』

「這問題妳拿去問川波好嗎？」

『這幾天啊，你們回鄉下啊，我都見不到結女啊，聽說今天你們就會回來啊，我一大早就在想：會打給我嗎？還是不會？結果真的打來了——！正在高興的說，她就跟我說朋友跟家人在親熱啊，跟我哭訴了一大堆！我現在就是在問你懂不懂我的心情啊！』

「真的非常抱歉。」

完全是一場飛來橫禍。那女的散播八卦的速度也太快了吧。當自己是流行感冒？

『……所以呢？你們真的做了？』

南同學口氣中帶著滿滿的訝異說了。

讓第三者居中協調，以結果來說或許是做對了。

「怎麼可能？是東頭被放在地板上的書絆到差點摔倒，我一時急著想扶她……」

『然後力氣不夠大沒扶好一起摔倒的瞬間，就被人看到了？有夠老套……』

「就是因為老套才難解釋清楚啊。」

『坦白講，我現在正在懷疑你是不是在瞎掰。』

「我想也是。」

換作是我大概也會這麼想。

『讓我問一下東頭同學。』

「好。我開擴音。」

我把手機改成擴音模式，對著在床上看書的東頭。

東頭從書本裡抬起頭來說：

「啊——南同學，好久不見——」

『好久不見——話說妳被伊理戶同學推倒了？』

「咦～？……嘿嘿，好害羞喔……」

『罪證確鑿了。』

「喂，東頭，別給我亂開玩笑。」

幹嘛故意塑造出踏進新一個成長階段的氣氛啊。

東頭不再故意忸怩作態，說：

「水斗同學很凶所以我就實話實說了，我還是處子之身。他還是一樣碰都沒碰過我一下。」

『伊理戶同學真的是男人嗎？要是我的話最起碼早就生兩個了！』

「嘿嘿。小孩撫養費會很可觀喔。」

「妳們就不能只專注在正題上嗎？」

我不過是誠懇而堅定地保持理智，為什麼非得遭到如此批判？

「總之這下知道只是誤會一場了吧？麻煩南同學幫我跟那傢伙解釋一下。」

『啥～？要我去解釋～？』

「有什麼問題嗎？」

『應該是伊理戶同學去解釋才合理吧，照常理來想。』

手機裡傳來喀滋喀滋的聲響。好像是在吃零食。

『要問我的話，我比較希望她繼續誤會下去。伊理戶同學你懂我的意思吧？』

「……我懂。」

對事情一無所知的東頭聽得一愣一愣的，不知道南同學以前曾經過度執著於結女，甚至打算跟我結婚以成為結女的妹妹。後來發生東頭的一堆事情加上她跟川波的一堆事情，使得她乍看之下像是放棄了跟我結婚的計畫，但對結女的過度執著應該沒變。

從這種立場來想，南同學的確沒有理由解開結女的誤會——

『可是啊。』

啪滋！手機裡傳來用力咬碎零嘴的聲響。

『我更不能放著哭泣的結女不管，也無法容忍竟然有男生叫別人去安慰她。明白嗎？』

「…………咦？」

聽到她說的話，我的思維一時之間沒跟上狀況。

「哭泣？……妳說她？」

『對啊？哭得一把眼淚一把鼻涕的。我興奮地接起手機卻聽到這種聲音，你明不明白我的心情——』

恕我失禮，但我沒把南同學開始碎念的怨言聽進去。

她哭了？

看到我推倒東頭的場面？

那樣，豈不是……好像她受到了打擊一樣？

之前明明是她不理人。明明是她罵我罵那麼難聽。

到底怎麼搞的……現在又這樣？

「…………唉～～…………」

我嘆了人生最大的一口氣之後，勉為其難地站了起來。

然後把南同學還在滿口怨言念個沒完的手機，交給了東頭。

「東頭，抱歉，妳跟南同學聊一下等我回來。」

「你要去找她？」

「嗯。」

我走向門邊。

「我非得好好講她一句不可。」

◆　伊理戶結女　◆

「……嗯啊……」

我……我睡著了……

跟曉月同學吐了滿肚子苦水之後，忽然覺得好累……然後就……

不過睡了一下，感覺心裡舒服多了。還是說，是曉月同學聽我吐苦水才讓我好多了？下次得想辦法答謝她才行。

……不知道我睡了多久。東頭同學她……還在他房間裡嗎……？

——叩叩。

「噫嗚！」

突然有人來敲門，嚇得我肩膀跳了一下。

這種敲門方式……我還有印象。今天是第二次了！

「我要進去了。」

「不……不行不行不行！真的拜託等一下！」

我強迫剛睡醒的身體打起精神，於千鈞一髮之際擋住房門，阻止了水斗的入侵。

我都還沒應門，你這笨蛋怎麼就想硬闖啦！

「你、你要幹嘛……？」

「進去再講。」

「現、現在不行！」

「為什麼啊。」

因為我才剛哭過所以整個臉都花了，頭髮也睡亂了，根本不能見人好嗎！

「等、等我一下下就好……真的一下下就好！」

我撲向化妝台，把一頭亂髮整理好，又勉強掩飾掉哭腫的雙眼。很、很好。這樣就可以了。這樣除非湊得很近，否則應該看不出來……

「好了沒？」

「好、好了。可以了。」

聽到門把轉動的喀嚓一聲，我忽然發現情況似乎不妙。

不不不，哪裡可以了？

儀容是整理好了，但心理準備完全沒做好。

要我用什麼表情去面對才剛跟東頭同學做過那種事的水斗啊！

但是，覆水難收。一言既出，駟馬難追。

房門無情地打開，水斗一副心平氣和的表情走進房間裡來。

……真虧你能這麼氣定神閒的。剛才明明還忙著欣賞東頭同學的巨乳……！

被我坐在床沿狠狠一瞪，「唉。」水斗嘆了一口氣。

「我今天到底要進這個房間幾次才夠啊。不能一次解決嗎？」

「……怪我啊？是你自己要來的吧……」

「還不都怪妳做出的事情讓我非得來一趟？」

「嗄？」

所以是我的錯嘍？我不知道你來找我做什麼，但還不都是你在隔壁房間做那種事……！

……不，其實想想，他那樣做也沒錯。兩個互相喜歡的人會那樣並不奇怪，而他的房間在我隔壁是因為我們是一家人。有時候當然也會發生那種狀況……

「很抱歉打擾妳擺出心事重重的表情，但妳心裡所想的恐怕全都是自尋煩惱。」

「咦？」

水斗在地毯中央盤腿而坐，神色平靜地說了：

「妳誤會了。我跟東頭剛才並不是在做什麼糟糕的事。」

「……嗄？」

我一陣光火。

想找藉口開脫？有什麼必要這樣做？拿這種話掩飾你跟東頭同學之間的事，對她不會太失禮了嗎？

「我誤會什麼了？你明明就推倒了東頭同學不是嗎！」

「那個啊——我們只是一時失去平衡啦。」

「什麼鬼啊！」

不但想說謊掩蓋事實，還抄襲我！

「誰會相信你這種藉口啊！撒謊也不會先打草稿！」

「哦？所以『一時失去平衡』不是個好藉口就對了？」

「嗚唔……！」

罵到自己身上了。

可、可是……我那的確是在說謊嘛……

「我們真的只是失去平衡沒站穩啦。東頭被地板上的書絆倒，我急著想扶她，無奈肌力太差了。是說我幹嘛特地把她壓倒在硬梆梆的地板上？床是用來幹什麼的？」

「嗚、嗚唔嗚……！」

合情合理的理由刺進我的胸口。

的、的確……旁邊分明就有床，是沒有必要特地在地板上做……

那也就是說……真的是我太急著下結論了……？

「妳明明很愛看推理小說，觀察能力卻比智慧手機的臉部辨識功能還差耶。」

「嗚……！」

「照妳這樣連華生都當不了。整個系列都要變成敘述性詭計了。」

「嗚嗚……！」

「一登場的瞬間就讓敘述性詭計成立，閱讀門檻也太高了吧。跟書腰上寫著『玩轉最後一行詭計』一樣惡劣。妳這傢伙簡直就像是穿著衣服會走路的『館』系列。我看只有綾辻行人才寫得了妳這種角色。」

被你講成這樣感覺都有點帥氣了啦！

「怎……怎樣啦……說的比唱的好聽，你就真的沒半點邪念嗎！」

「嗄？」

「就算你說失去平衡沒站穩是真的好了！她那麼可愛！胸部那麼大！而且……有個女生這麼喜歡你，你都把她推倒了！真的就一點感覺都沒有嗎！」

我有什麼權利說這種話？

就算水斗真的對她有非分之想好了，我也沒有半點權利可以來譴責他。

腦袋明明很清楚這一點，嘴巴卻擅自講個不停。

「絕對會覺得很幸運，或是想趁機撿便宜什麼的吧！你就真的一點都沒有想過趁亂偷摸她一下嗎！但你卻找藉口想掩飾這種念頭──」

「我沒想過。」

水斗用堅定的語氣說了。

「我一點那種念頭都沒有。硬要說的話，我只有擔心東頭有沒有撞到頭。」

「……少跟我耍帥了……」

「我是說真的。」

「那就證明給我看啊。」

我提出了強人所難的要求。

變成了一個最糟、最難搞的女生。

「向我證明你就算壓倒女生，心裡也完全沒感覺啊。那樣我就相信——」

「知道了。」

水斗站起來，靠近坐在床沿的我。

咦？

「證明給妳看就行了吧？」

「等——」

連抵抗的機會都沒有。

一被他抓住手臂的瞬間，砰的一聲，我就被壓倒在柔軟的床上了。

「…………………」

「…………………」

在白晃晃的ＬＥＤ日光燈底下，有著水斗的臉龐。

水斗的細瘦手掌，把我的手臂按在床單上；水斗立起的膝蓋，困住了我的雙腿。

微熱的呼吸，細細地落在我的嘴唇上。

像是被它融化了一般，我動動原本凍結的喉嚨說：

「……什麼感覺，都沒有？」

「……沒有。」

「真的？」

「真的。」

「……你騙人。」

「我沒騙妳。」

不，你騙人。絕對絕對在騙人。

因為我的腦中，早就已經被填滿了。前天晚上的觸感重回腦海，所有腦細胞都在大喊著想要想起更多感覺。

「……手臂，痠不痠？」

我定睛注視著水斗的眼睛，說了。

「會不會——失去平衡？」

假如水斗真的毫無感覺，那就是意外。

就只是不可抗力。

不用跟任何人道歉，也不用顧慮任何人的……心情——

「……妳……」

我沒有回應水斗的低語。

取而代之地，我輕觸了一下水斗撐在床上的手臂。

只要稍稍使力，讓手肘彎曲——這麼一個小動作，就足以破壞平衡。

現在的平衡關係，也沒什麼不好。

但是，即使如此，我還是——

「水斗同學——？結女同學——？我好像聽到有人大聲罵人——」

喀嚓。

東頭同學沒敲門，就直接把門打開了。

「…………」

「…………」

「…………」

我、水斗與東頭同學，全都當場當機。

冰凍凝結的氣氛，使我們動彈不得。

然後——過了十幾秒鐘後。

東頭同學開始慢慢地關上房門。

「不……不用顧慮我沒關係——……」

「只是一時失去平衡啦！」」

趁著門還沒完全關上，我們發自內心地大聲吶喊。

「哎呀——差點把我嚇壞了。」

我先把水斗一個人趕回房間（繼續跟他待在同一個房間會讓我保持不了冷靜），然後拚命向東頭同學解開誤會。

……誤會？好吧，應該……可以說是誤會吧，嗯。

意外的是東頭同學很輕易就相信了我的說法。但是……

「一打開門的瞬間，我就全都了然於心了。啊——原來是這麼回事啊——難怪我會被甩——這樣。」

「呃，嗯……原來如此……」

我別開目光。

「但同時我也想到，妳跟他明明是那種關係，竟然還幫助我告白啊——真的假的啊——這樣。」

「就、就是啊——太誇張了對吧——」

我只能不斷地別開目光。

「不過我又覺得，如果是結女同學還可以接受——」

「咦？」

「結果原來是誤會啊！嚇死我了——」

不不等一下，不要自己在心裡解決啊。這話我可不能當作沒聽見。

「如、如果是我就可以接受？妳不是喜歡水斗嗎？」

「咦？我之前沒說過嗎？我應該說過就算水斗同學另外交到女朋友，我也沒關係吧。」

「是好像聽妳說過……」

「但還是要看對象，不是嗎？假如對方是個把玩男人當興趣的賤貨，那多討厭啊。」

「……也是。」

「就這點來說，我覺得如果是結女同學就沒關係。雖然繼兄弟姊妹交往起來可能會遭遇到很多困難，但老實講，反正那又不關我的事。」

東頭同學嘿嘿笑著。不負責任到這種地步，看了反而心情爽快。

「但就算是這樣……我幫助妳告白的那件事，妳也不在意嗎……？」

「那就要看怎麼解釋了嘛。也許是結女同學覺得就算只是繼兄弟姊妹，要交往還是有心結，所以想讓水斗同學另外交女朋友啊。」

太懂事了。真希望她能把這種理解能力分一點給我。

「不過全部都是誤會一場，對吧？」

「呃，對，沒錯。我跟水斗沒有在交往，完全沒有。」

「是這樣啊——不過也是啦。繼兄弟姊妹談戀愛，也不是那麼常有的事吧。」

沒錯，不可能發生這種事。沒錯沒錯，不可能，不過……

……原來是這樣啊。

東頭同學她……即使我們交往，也不會怪我們。

她願意原諒我。

「東頭同學……」

「怎麼了？結女同學？」

我從正面緊緊抱住了東頭同學。

「我……希望東頭同學可以獲得幸福。」

「我已經很幸福了喔？」

她咿嘿嘿地笑著，說：

「要是換成輕小說，早就以完美結局收場了。」

這樣啊。

那我希望，我也能早點變得像妳一樣。

要怎麼做才能夠像妳一樣？

只要向水斗傳達這份心意……請他接受我的感情……然後變回情侶……

這樣真的就可以了嗎？

這樣就能超越過去的我嗎？

◆ 伊理戶水斗 ◆

東頭從結女的房間回來後，「唔呼——」心滿意足地用鼻子噴氣。

「我跟結女同學卿卿我我過了！」

「……是嗎？那很好啊。」

「是！」

真羨慕這傢伙永遠這麼開心。

我由衷地心想——要是我也能像東頭一樣爽快地改變心態重新過日子，那該有多好。

但是，我又忍不住心想：搞半天結女那傢伙，到底是什麼意思？

我當時是不是該……失去平衡？

破壞掉這個好不容易建立起來的平衡，真的好嗎？

……或許不會怎樣。從法律上來說沒有問題。東頭也不覺得有問題。

既然這樣，那不就沒有任何事情需要介意了？

除了我個人的感情之外。

我伸手到東頭的耳朵底下，從那裡用不至於抓亂的力道，稍微摸摸她柔軟的頭髮。

東頭就像一隻被摸的狗那樣瞇起眼睛說：

「怎麼了嗎——？」

「輔助治療。」

「盡量治盡量治。」

我一邊用手指縫隙與掌心感受頭髮的觸感與肌膚的溫暖，一邊想想這個摯友的為人。

「東頭。」

「什麼事——？」

「改天，我可能會有重要的事情找妳商量。」

東頭眼睛連眨幾下……

「那真是重責大任呢——我會加油的。」

然後一如平常，語氣輕鬆地這樣回答我。

「啊……已經這麼晚了啊。我得回家了……」

「嗯。那我送妳到半路。」

「咦──？不用了啦。」

「偶爾送一下沒關係啦。再說我們很久沒見面了。」

「那就……好吧……嘿嘿──」

瞧她開心的。就只有嘴上跟我客氣。

我帶著東頭走下階梯。

就在即將經過客廳門口時，嗯？總覺得心裡怪怪的。

好像忘記了什麼事情……？

我一頭霧水，從門沒關的客廳前面經過──

「啊！東頭同學，妳要回家啦──？」

由仁阿姨面帶笑容跑了過來。

老爸也從她背後偷看了我們一眼。

由仁阿姨湊過來逼近東頭，說：

「還好嗎？回得去嗎？覺得不舒服的話，吃過晚飯之後再走也行喔？要不然乾脆留下來過夜——」

「不、不要緊！我回得去……！」

「這樣啊。那就好……」

嗯嗯？為什麼要這麼關心她？

正在感到詫異時，由仁阿姨瞥了我一眼，然後迅速靠過來對我耳語：

「（水斗水斗，我跟你說。下次東頭同學要來的時候，你提前幾天跟我說！）」

「咦？」

「（我們會找藉口出門不在家的！也會把結女一起帶走！好嗎！）」

為什麼要不在家——啊。

我頓時渾身異常冒汗。

我忘了。

並不是只有結女一個人，看到我推倒東頭的場面。

由仁阿姨緊緊握住東頭的手，用發自內心的笑容告訴她：

「恭喜妳！今後水斗也要請妳多多關照嘍！」

「好、好的。謝謝阿姨……？」

根本大有問題。不光只有我個人的感情。

從今天起，由仁阿姨他們對東頭的認知就從「我的前女友」轉職成了「我的現任女友」。

而後來結女收到圓香表姊的簡訊，我們才知道就這短短幾小時，這種認知已經擴及到了我的所有親戚之間。

♥前女友照顧病人「……聽說傳染給別人就會好，是真的嗎？」

◆伊理戶結女◆

前情提要：

我搞砸了。

「——喂，放在這裡的杯子呢？」

「咦？我拿去流理台了耶？」

「嗄？我還要用耶……」

「我哪知道啊。誰叫你要亂放？」

「唉……」

「……哼！」

你們看。這就是幾天前才剛接過吻的一對男女的對話。

前一陣子我們漸漸習慣了跟對方相處，之間氣氛還算和平，但不知不覺間又變回冰冷緊

前女友照顧病人
「……聽說傳染給別人就會好，是真的嗎？」

繃的關係了。

怎麼會變成這樣？

不，我知道。我清楚得很，但等一下好嗎？我只是有點害羞，想掩飾一下而已嘛！只是不好意思坦白說出親吻他的理由，就拿平常習慣的態度逃避問題了嘛！可是……！

後來發生了東頭同學的那些事情，本來還想說可能就這樣不了了之吧～結果現實是殘酷的。水斗對我的態度比暑假前更差，我講話也忍不住開始帶刺。

嗚嗚～……！不對啊，不該是這樣的……！這跟我心裡的打算完全相反了啦～……！

本來是想要更……像個小惡魔一樣跟水斗相處，讓他臉紅心跳、手足無措的說～！

要怎麼做才能變回那種狀態……？跟他解釋我之前只是在掩飾害羞？現在才來講這個？辦不到啦！況且我要是那樣示弱就當不了小惡魔了！

我坐在客廳的沙發上，看著水斗在廚房裡拿濾水壺往杯子裡倒水。

總之，我得停止做出帶刺的反應才行。就是因為我老是不假思索地變成刺蝟才會把問題搞得這麼複雜。對，我是知錯能改的女人，特技是PDCA循環——

磅啷！聽到一陣巨響，我嚇了一跳轉過頭去。

只見水斗蹙起眉頭，低頭看著地板。

我站起來過去看看，發現蓋子脫落的濾水壺掉在廚房地上，把水灑得滿地都是。

「有、有沒有怎樣？」

濾水壺是塑膠製的，沒有摔破。我想他應該沒有受傷……

水斗拿起抹布蹲到地板上。我走過去想幫忙……

「不要過來。」

卻被他用很衝的口氣阻止了。

「不要靠近我。我自己來就好。」

我當場呆立原地，什麼反應都做不出來。

……你就這麼……？

就這麼，討厭我嗎？

的確，的確，我們是分手了沒錯。可是，可是，我們也曾經真心喜歡過對方不是嗎？

現在的我，就這麼讓你嫌棄？

跟以前的我，有這麼大的差別……？

水斗把地板上的水漬擦乾後，替濾水壺重新裝滿水放回冰箱。

然後一句話也沒說，就從我身邊走過——

嗯？

我轉過身去，看著水斗走出客廳的背影。

剛才……他的臉色，好像很糟？

◆ 伊理戶水斗 ◆

思緒模糊不清。

全身關節痠痛。

喉嚨深處異常發乾，連呼吸都覺得不舒服。

整體判斷起來——看樣子，我是感冒了。

「……唉……」

拖著身體回到自己的房間後，我整個人倒到床上。

好久沒感冒了……上次不知道是什麼時候？

也許是在鄉下感染到病毒了……我就知道不該去什麼祭典……

……應該沒傳染給那傢伙吧……

我鑽進被窩裡，藉此消除重回唇間的觸感。

總之，先睡一覺再說吧。這樣應該就會好了。

從小到大，我得感冒的時候都是這麼做的——

……好冰……

放在額頭上的冰涼觸感，使我醒轉過來。

我在意識朦朧的狀態下確認身體狀況。喉嚨還在痛，全身也還是一樣無力。看來還得再睡個幾次才行。

為了盡快治好，我正想再次委身於睡魔時，卻在最後一刻被一個疑問逮住。

放在額頭上的這個冰冰的東西，是什麼？

感覺像是退熱貼，但我不記得有拿這種東西來用——

我緩緩睜開了眼睛。

「啊。」

模糊的視野中，有一張熟悉的臉龐。

那傢伙一發現我睜開了眼睛，就一邊把黑色長髮撩到耳朵後面，一邊湊過來看我的臉。

「還好嗎？」

看到這傢伙活像個普通家人一樣關心我，我懷疑自己是不是還沒睡醒。

我會這樣想很合理吧？

因為也不知道是我哪裡惹到她了，她一直很不高興，也不肯接近我，可是現在……卻簡直好像在為我擔心似的……

「有沒有想要什麼東西？我有拿運動飲料過來。」

「……我要喝……」

「好。起得來嗎？」

趁著我慢吞吞地坐起來的時候，結女把運動飲料倒進插了吸管的杯子裡，拿到我嘴邊來。

「……我自己可以喝……」

「要是灑出來弄濕豈不是適得其反？讓我來啦。」

即使如此，我還是隔著結女的手托住杯子，銜住了吸管。甜甜的冷飲隨著「啾——」一聲滲入喉嚨深處。

「真是……身體不舒服就明說嘛。」

結女一副拿我沒轍的口氣說了。

「如果是重感冒怎麼辦？好好的暑假都糟蹋了……」

「……要妳囉嗦……」

「怎樣啦。照顧生病的你都不行？」

「……我……」

我在腦袋發燒的狀態下，讓想到的話直接脫口而出。

「……只是……害怕……」

「咦？」

我講到這裡就耗盡了力氣，再次把頭放回枕頭上。

講了幾句話，把我弄得好累……

「你要睡了？體溫呢？暈過了嗎？」

沒量。

我連這句話都擠不出來，就這樣再度沉沉睡去。

◆ 伊理戶結女 ◆

……他睡著了……

看著水斗靜靜發出細微鼾聲的臉龐，我無奈地拿出體溫計。

然後慢慢地，伸手去解開水斗的衣服鈕扣。

我這是不得已的，不得已……完全沒有邪念。就說沒有了……！

解開小顆鈕扣後，白皙的鎖骨與胸膛映入眼簾，我頓時感到一股血流竄升到整個臉上。人家是病人耶！鎮定，鎮定下來……

我把體溫計插進他的腋下……之前就覺得他屬於體毛較少的類型，沒想到連腋毛都沒有……

嗶嗶嗶嗶——測量結束的提示音響起。

我猛然一回神，把體溫計從水斗的腋下拔出來。好、好險好險……我上次吻他時下定的決心，絕對不是要趁病人睡著時擅自用眼睛吃冰淇淋。我得克制點才行，克制……

37．9度。

體溫計顯示的數字，雖然不能小看成輕度發燒，但也不到高燒的地步。這樣看起來，睡個一晚應該就會好了。

「……還好……」

假如他維持這種狀態好幾天，我怕我會把持不住。看來對自己的感情有所自覺也不見得是好事……

我憑著堅強的意志一面別開目光一面幫水斗穿好衣服後，這才鬆了一口氣，注視著他的睡臉。

——……只是……害怕……

害怕？

他是說害怕什麼……？我講話有那麼難聽嗎？嚇得他發燒神志不清都還掛在嘴邊……？

嗚唔喔……！

……我也不是真的那麼愛當刺蝟。

可是，我們的關係已經固定成那種模式……我沒辦法在一兩天內脫離那種習慣。一見面就忍不住想酸他，他一回嘴我也會反唇相譏。這種距離感，就是我們現在的常態。

我也明白，不是說只要下定決心，就一定可以重修舊好。

不對，是不能那麼做。那樣到頭來，只會是過去的關係再度重演。

如同我一不小心重新喜歡上了現在的他——我希望他也能重新喜歡上現在的我。

這或許是一種奢望……但必須做到這種地步，我們才能變回相戀的一對。

因為我們不只是男生與女生，更是繼兄弟姊妹。

雙方的立場不允許我們試著交往看看，不行再分手。

……可是，我該怎麼做？

我就算說實話，大概也只會引來他的戒心吧。不得不承認我已經嚴重失去他對我的信任。

要是我什麼都不用做，他就能自動喜歡上我，自動跟我告白，該有多好啊～……

……豈止沒長進，簡直比國中時期還退步。

「……來煮鹹粥好了。」

雖然沒煮過，不過看看網路上的食譜應該煮得出來吧。

我站起來，暫時離開水斗的房間。

◆ 伊理戶水斗 ◆

我立刻就知道，這是在作夢。

『喝得了水嗎？要不要我餵你？』

伊理戶結女簡直像我媽一樣無微不至地照顧我。其中不帶任何挖苦或諷刺，有的只是不求回報的慈愛。

這種令人發毛的幻覺，絕不可能發生在現實當中。

『幫你量體溫吧。來，手臂抬起來——』

——現在再來對我好，是什麼意思？

就算對我再好，反正最後還是一樣吧？無論妳對我多溫柔，我們感情變得多好，到頭來還是會為了一點芝麻小事鬧翻對吧？

人性最根本的部分，沒那麼容易改變。我與妳都沒有多大改變。之後彼此一定又會有些地方令對方難以容忍。到時候，誰要負責讓步？誰會原諒對方？——我想我們彼此，都一定不會懂得原諒。

我們沒辦法像東頭那樣改變想法。

我們會難以自拔，感情用事，固執己見，跟對方賭氣——等到發現的時候，已經作繭自縛。

既然這樣……還不如就做繼兄弟姊妹，不是很好嗎？

好不容易可以讓那一切變成過往雲煙了。

總算可以慢慢放開藕斷絲連的感情了。

……為什麼，妳又要這樣節外生枝？

煩死了。

以為處得很好結果又處不來，一下子高興一下子又沮喪。

明天永遠不會跟今天一樣。

沒有一刻可以讓我靜下心來。

……可是最後，一切又像泡沫一樣空虛破滅。

戀愛不過是一時的迷惘。

是思春期被迫作的一場糟糕透頂的夢。

——我受夠了，不想再遇到那種事了。

「……嗯……」

我昏昏沉沉地睜開眼睛，只聽見時鐘指針的滴答滴答聲響。

床邊沒有人在。

只有運動飲料，放在邊桌上。

我慢慢坐起來。

我使勁伸直手肘看看。關節的痠痛感好多了。整個腦袋天旋地轉的那種不適感，比起睡前也已經好了九成。而且也流了點汗，表示代謝恢復正常了。雖然只有喉嚨還在痛……不過看樣子，病毒就快全軍覆沒了。

我喝完一杯運動飲料沖掉感冒的餘毒後，從床上下來。

並沒有要做什麼，只是睡到不想再睡了。

我走出房間，步下階梯時，感覺到客廳有人。

我把門打開。

「呃——鹽巴一大匙……一大匙是多少啊！」

一個草包站在廚房。

居家服外面穿著圍裙，長髮綁成馬尾以免妨礙做事，只有外表看起來有模有樣的。但是瞪著量尺裡那一堆鹽巴皺起眉頭的模樣，活脫是個第一次上廚藝實習的小學生。

「一大匙……這樣是一匙對吧？算了沒差啦。」

「有差。」

「咦？」

我有驚無險地抓住她的手，阻止她把滿滿一匙的鹽巴加進鍋子裡。

結女轉過頭來，眼睛連眨了幾下。

「你……已經好了嗎？」

「一大匙指的不是堆成小山而是一平匙的狀態。家政課不是學過了？」

「咦……啊，好像是喔……？」

我先放開結女的手，在流理台洗過手後，用手指把量匙裡的鹽巴鋪平。然後才把鹽巴加進煮滾的鍋子裡。

在鍋子裡煮滾的是米。再看看放在爐子旁邊的雞蛋，看來是想煮鹹粥。

「……不要在我睡覺的時候挑戰新事物啦。要是釀成火災怎麼辦？」

「我……我才沒有那麼笨好不好！我偶爾也有在幫忙做飯啊！而且我已經會一個人洗米煮飯了！」

「是啊。連洗米煮飯都是我教妳才會。」

「嗚唔……！」

結女眼睛望向完全無關的方向，不服氣地噘起了嘴唇。

「……至少稱讚一下我的挑戰心嘛。我好歹也是在幫你煮飯啊……」

我側眼看看她那張臉。

「妳照顧病人的方式就是讓病人來顧慮妳？」

「嗚唔！……嗚——……！」

結女像小孩子一樣低聲呻吟，死瞪著我的臉。臉上寫著：「你這賤嘴男，怎麼不病得更嚴重一點算了。」

沒錯，這樣就對了。

我轉身不再去看結女，打開冰箱的蔬果室。

「光吃米跟雞蛋營養不夠啦。最起碼再放點蔥吧。」

我拿出青蔥，放在砧板上。

「啊……！剩下的我來就好……！你感冒還沒好吧？」

「好得差不多了。不過要是吃了妳煮的鹹死人鹹粥大概會復發吧。」

「但你病也才剛好——」

「妳來打蛋。不會說妳連蛋都敲不破吧？」

「……知道了啦！反正看你這樣嘴皮耍不停，應該沒事了吧！我來打蛋就行了吧，我來打蛋！我可是有練習過的！」

結女拿著生蛋在流理台上輕輕敲一下，歪著腦袋看看裂痕，又再輕敲一下——開始不斷地重複這個動作。當然在把蛋敲破時太用力，整顆蛋都捏碎了，結果只好慌慌張張地開始挑掉碎蛋殼。

我側眼看著她的這些動作，繼續切我的蔥。要是讓這種笨手笨腳的傢伙碰菜刀，那才真的會害我病情惡化。

把蛋汁用繞圈的方式倒進鍋中，再隨意撒上蔥花，鹹粥就完成了。

正要端起鍋子時，結女說：「你之前不是還弄掉水壺？」有點強硬地把鍋子搶了過去……好吧，說得也是，我的病還沒有全好，有可能比想像中更使不上力；基於安全考量，就老老實實地麻煩她吧。

我在餐桌上鋪好鍋墊，結女把鍋子放上去。然後她拿了兩個飯碗來，我們隔著鍋子坐下。

「妳也要吃？」

「想吃吃看煮得怎麼樣。」

外頭天色還很亮，但時間已經是晚上七點，該吃晚餐了。我是覺得一個健健康康的人，晚餐只吃鹹粥不會飽——我看這女的是只顧著照顧我，忘了給自己準備晚餐吧。

結女也沒問過我的意見，就擅自盛了兩碗鹹粥。然後小聲說：「啊，忘了拿筷子……應該用湯匙比較好。」就小跑步去拿了湯匙回來，放在自己與我的面前。

「我要開動了。」

然後規規矩矩地雙手合十，再用湯匙舀起黃色的鹹粥。

「啊嗚！」

她蠢到直接往嘴裡塞，所以當然燙得皺起臉孔往後仰倒。

「吹一下啦……」

「熱、熱熱的比較好吃啊。」

嘴上這樣強辯，但還是開始把鹹粥呼呼吹涼。

大概是肚子很餓了吧——我雖然猜出了這一點，但無法進一步思考。一個女人空著肚子生疏地煮飯的模樣，再怎麼想像也不能發掘出什麼意義。

結女慢慢地把湯匙放進嘴裡，鼓著腮幫子品嘗鹹粥。

「好好吃……」

我吹掉鹹粥的熱氣讓它變涼，然後把湯匙含進嘴裡。咀嚼裹著蛋汁的米粒幾秒鐘後，我說：

「米有點水水的。是不是煮飯的時候放太多水了？」

「嗚！……對、對不起……」

「……反正是煮粥，水有點多也沒差吧。」

我吃下第二口。所幸胃口比平常還要好。

看到我湯匙一直沒停下來，結女眼神裡帶著驚訝……然後露出淡淡的微笑，好像總算是放心了。

「一起做飯，一起吃……」

我從鍋子裡盛第二碗的時候，結女忽然間，冒出了一句不著邊際的低喃。

「……婚姻生活，也許就像是這種感覺吧。」

我偷瞥一眼她的神情，說：

「就跟現在沒什麼差別吧。」

「是嗎？」

「我們已經住在一起了。而且還同姓。」

「說得也是……嗯嗯？」

結女忽然偏了偏頭。

「你剛才……」

「怎麼了？」

「沒有……只是……」

結女微微染紅了臉，視線溜到了桌上。

「你剛才的說法……是以我跟你結婚為前提……」

「嗯？……啊。」

沒有平常來得清晰的腦袋，這時才終於搞懂自己說了什麼。

「……那是因為現在就我們兩個在講這個話題啊。有意見的話，就去找個男朋友——」

「不要。」

被她這樣急切地否定，我不由得住嘴了。

結女在桌子的另一邊，注視著空碗。

「我……不想要那樣。」

「……妳這……妳是說——」

「——你猜我是什麼意思？」

她略微抬眼看我一下，眼神像是在考驗我。

我像是被她的目光射穿，喉嚨深處卡著東西，一時之間無言以對。

結女輕聲笑了一下，好像在拿我尋開心。

「原來如此……我有點明白了。」

「明白什麼啊……」

「沒有啊？只是覺得國中時期如果交過一個超帥的男友，就會覺得其他男生都比不上而已啊？」

「…………嗄？」

「開玩笑的。」

她咧起嘴角，露出小孩子惡作劇成功般的笑意。

難道說，她剛才……是在戲弄我？

這個除了成績之外一無是處，高中出道的草包耍了我？

「吃完了就再去睡一下吧？我看你腦袋還迷迷糊糊的。」

「……我會的。」

對。我腦袋還迷迷糊糊的。等我驅除了體內的病毒，我絕對不會再被這女人的玩笑話整到。

……她到底想幹嘛啊？我說真的。

既不像平常那樣活像隻刺蝟，又不像以前那樣對我表示好感。

簡直好像——變了一個人似的。

◆ 伊理戶結女 ◆

「……呼——……」

目送水斗回到二樓去之後，我呼出長長的一口氣，整個人懶洋洋地靠到椅背上。

目前，我大概就只能做到這個程度了。

不拿玩笑話當外衣，就無法說出真正的心意。

而且……其實也有點好玩。

「……呵呵，呵……」

只要想到水斗現在一定還在思考，我剛才那種意有所指的言詞與態度代表什麼意思，就讓我的嘴角忍不住上揚。

這就是女人。是成熟女人的樂趣。

我果然已經長大成熟了。國中時期的我，絕對耍不了這種高難度的小心機——

「呵呵……呵呵呵，呵呵呵呵呵呵呵——」

「結女——？怎麼一個人在傻笑啊——？」

「呼啊啊——！」

不知什麼時候回到家裡了的媽媽忽然跟我說話，把我嚇得跳了起來。

◆ 伊理戶水斗 ◆

『……聽說傳染給別人就會好，是真的嗎？』

又作夢了。

我一眼就看出來了。那女的……那個只會裝聰明的草包，怎麼可能會露出這種妖豔的微笑逼近我……如果是想騙我，手法也太粗糙了。

我讓意識浮上表層，試著擺脫迫近而來的微笑與嘴唇。

黑暗逐漸覆蓋我的視野，過了一會，我才發現那是我的眼皮。

真是，不得不說我也太單純了。竟然只因為剛剛被她戲弄，就作這種粗糙不堪的夢。那傢伙哪有那個膽趁我睡覺的時候偷襲我啊。就連還在交往的時候，她都很少主動吻我了——

我一邊在心裡覺得好笑，一邊緩緩睜開眼睛。時間可能已是深夜了。白天睡了很久，現在要再睡著恐怕很難。要做什麼打發時間好呢？對了，好像還有書沒看——

「…………」

「…………！」

說真的，我以為我還在作夢。

因為當我微微睜開眼睛時，結女靜靜合起眼瞼的臉龐，真的就在我眼前。

我急忙憋住呼吸。

從結女唇間漏出的細弱呼吸，碰到了我的嘴唇。

結女把垂落的髮絲撩到右耳後面，維持著這個姿勢把臉湊近過來。我如果把臉別開，她就會知道我醒來了。所以我只能眼睛睜開一條縫，注視著她的動作。

鄉下那個夏日祭典之夜，重回我的腦海。

對，有過那麼一次。那是這傢伙主動吻我的少數例子之一。

……不，不對。那只是失去平衡罷了。

那這次又是什麼？又沒站穩了？這麼湊巧？哪有可能啊，笨蛋！給我冷靜點！要是這種事情一再重演，會發生什麼狀況？也許會沒多想就隨便她……然後半推半就……我們可是住在同一個屋簷下耶。在這種環境下只要想兩人獨處，隨時都可以輕鬆辦到耶！要是變成那種狀況，一切就——

「……說說而已啦。」

──結女迅速把臉移開了。

壓迫感急速消失，我簡直像被拋下了一樣。

我眼睛睜著一條縫往她望去，發現結女正低頭看著我。我急忙裝睡，就聽到結女自嘲般地輕聲一笑。

「要是傳染給別人就能好，誰還會害怕傳染病？」

打圓場般地喃喃自語後──結女就快步走出了房間。

等聽不見她的腳步聲後，我霍地坐了起來。

退熱貼啪答一聲從我額頭上剝落，掉到棉被上。

有好一段時間，我無言地注視著它。

「………………」

──……說說而已啦。

聽妳在講！

這笑話是對誰說的啊！又沒有人在看！就算是小丑一個人的時候也會乖乖閉嘴啦！

「……唔……」

身體幾乎已經完全恢復健康了，只剩下喉嚨的乾痛。然而現在卻冒出了新的症狀。我感到頭暈目眩。

不懂。

我真的不懂。

我……到底該怎麼做？

「──啊，水斗你醒啦。」

房門打開，由仁阿姨探頭看進來。

由仁阿姨走進房間裡，坐在結女剛才坐過的椅子上。

「身體感覺已經好多了？」

「是的，對……好得差不多了。」

「年輕就是本錢呢。本來是想趁這少數機會當一下媽媽的，結果好像沒我出場的份。」

由仁阿姨笑得開懷。

我看了看時鐘。就快過午夜十二點了。算起來我大概睡了三～四小時……但她說沒她出場的份，難道真的回來得這麼晚？

「其實是這樣的──……啊，不要跟結女說喔？」

由仁阿姨豎起食指做出保密的手勢，開心地說了。

「我問結女要不要換我來照顧你，但她拒絕了，說是想自己來。」

……照顧生病的我？自己一個人？

「她不習慣做這種事，明明已經很累了，真不知道什麼時候長大變成了這麼有責任心的孩子～」

由仁阿姨的這些話聽起來毫無心機，純粹只是為了自己孩子的成長感到欣慰。

但是，我無法那麼單純地去理解這件事。

我不認為那只是一種責任心的表露。

……妳究竟是喜歡我，還是討厭我？

當我們還是兄弟姊妹時，喜歡或討厭都沒差。無論喜歡還是討厭——我們都只不過是曾經交往過的繼兄弟姊妹罷了。

可是，假如妳正在試著成為另一種存在——

……既有種飄飄然的感覺，又覺得悶悶不樂，使我心神不定。

喜悅與厭煩的心情互相交雜。

在這個當下，只有一件事我能確定——

「請幫我向她道謝。」

「什麼～？你應該自己說吧？」

「…………我不好意思。」

見我別開目光小聲這麼說，由仁阿姨連眨好幾下眼睛，說：

「討厭，害我忍不住要偷笑了……！沒想到水斗你也有這麼可愛的地方！」

「……請別取笑我了。」

「好，我決定了。我絕對不幫你說！」

「咦？」

「如果你是真心感謝她，就必須自己道謝。以後再找機會說就好，但是一定要說出口喔。」

「呃……」

「呵呵！是不是很有媽媽的樣子啊？」

由仁阿姨微微一笑，說：

「這就是共同生活的祕訣。由我這個犯過一次錯的壞榜樣給你忠告！」

……真難吐槽。不過……

「我明白了。」

作為子女，只能點頭答應了。

◆　伊理戶結女　◆

隔天早上。

我起得比平常晚很多。因為昨天我陪在水斗的身邊到半夜——我知道他已經好多了，不需要我擔心，但四月我感冒的時候他好歹也照顧過我……所以我覺得應該陪他陪到最後……還有就是，嗯，那個男人的睡臉很可愛。

不過後來媽媽告訴我他已經好起來了，於是照顧結束，我上床睡覺——現在才起床。

我待在客廳考慮午餐怎麼解決時，階梯那邊傳來軋軋聲響，接著客廳門打開了。

是穿著睡衣的水斗。

頭髮睡得亂七八糟的。

「啊……早。」

「…………………」

水斗輕瞥了我一眼，就走向廚房，拿濾水壺倒了一杯水一飲而盡。臉色已經完全恢復正常了。

我走到他身邊說：

「沒有發燒了吧？」

「…………………」

「肚子餓不餓？我正打算要煮午飯……」

「…………………」

水斗一句話都沒回答，逕自從冰箱裡拿出冷凍炒飯，打開微波爐。

怎、怎麼了？幹嘛不理我？既然感冒已經好了，應該不用擔心傳染給我了吧？

「欸，我在問你——」

我伸手想抓住水斗的肩膀。

水斗快速閃開，與我拉開了一步距離。

「咦？」

我的手撲了個空懸在空中時，水斗隨便瞥了我一眼……

「……不要靠我靠太近。」

他小聲地低喃一句，關上了微波爐的門。

轉盤開始轉動後，水斗定睛注視著它，就再也不說話了。

我愣愣地看著他的側臉。

「……是、是怎樣啦……」

虧我昨天那麼細心體貼地照顧生病的你……！你都沒有半點感謝的心意嗎！

「呵呵……」

坐在餐桌旁休息的媽媽看著我們，在那裡偷笑。

「……怎麼了？幹嘛偷笑？」

「這個嘛，也許妳以後就知道了吧？」

幹嘛等以後，不能現在就告訴我嗎？

不管我有多想知道，媽媽跟水斗都不肯給我半點答案。

♥東頭伊佐奈不受迷惑

「……那個……要不要回房間？」

◆ 伊理戶水斗 ◆

不是我自誇，我曾經去過同年級的女生的家。

同樣地不是我自誇，那個同年級的女生，當時是我的女朋友。

對，我真的不是在自誇。

因為我只有去過女朋友的家，並沒有去過女性朋友的家作客。

『水斗同學，你明天要不要來我家？』

東頭伊佐奈晚上打電話給我，開口就是這句話。

「為什麼？我又沒事要去妳家。」

『怎麼這麼冷淡——不是有我在嗎？』

「我不用去妳家，妳也會自動過來啊。」

『問題就在這裡啊，這裡。』

「這裡是哪裡？」

『因為我幾乎天天去水斗同學家報到，結果我媽媽……』

「怎麼，終於挨罵了？」

『沒有沒有——她說希望可以到伊理戶同學家裡拜訪一下。』

「啊——」

原來如此。有著正常思維的父母親當然會提起這件事了。大概吧。

從東頭平常說話的內容推斷，她的母親似乎是一位個人特質頗為強烈的人物，但看來並沒有缺乏這方面的社會常識。

『可是可是，你不覺得特地把媽媽帶去朋友家，感覺有點煩嗎？』

「是有一點。」

『所以嘍，我就跟媽媽說，先跟水斗同學見個面就好。』

「又在給我找麻煩……憑什麼我得去拜訪妳的家長？」

『呵呵——好像要結婚一樣呢。』

「我不想去了。」

『拜託嘛～～！我媽媽會宰了我的——！』

「我之前就在懷疑，妳媽媽以前是太妹還是什麼的嗎？」

『沒有啦～我媽媽沒當過太妹，她天生就是粗魯。』

「這下更不想去了……」

『沒事啦！她只是說想跟水斗同學好好答謝兼賠禮道歉啦！』

「又是『答謝』又是『賠禮』的，從講法聽起來就很那個……」

我嘆了一口氣。

不過也是，對方的請求十分合情合理，其實我也滿樂意上門拜訪的……再說我對東頭的家，倒也不是完全不感興趣。我的書櫃都被她翻遍了，我也應該去以牙還牙一下才公平。

可是，話又說回來……

我看向隔壁房間。

假如我說要去東頭的家，那女的不知道會是什麼表情……

『……你不想來？』

手機的另一頭，傳來有些不安的聲音。

『真的不願意的話，就算了……』

「不會，沒問題。我去。」

前一刻的迷惘像是一場幻覺，我答得很快。

東頭的聲音頓時開朗了起來：

『真的嗎？』

「真的。總不能每次都是妳蛙人飲食吧。」

『挖人隱私？』

「挖人隱私。明天看我把妳扒光。」

『咦？那、那個那個，假如你有那個打算的話，呃～希望相關事宜可以由男生這邊做準備……』

「少說三個字。我是說把妳的書櫃扒光。」

『你玩弄我的感情！媽——！』

「笨蛋快住手妳這色胚！」

明天跟妳媽媽見面時，要是她心想「這小子今天是來扒光我女兒的嗎」那該怎麼辦啊！

『唔嗚——……水斗同學，你要小心喔？我們家裡沒有預備那種東西的。』

「我家也沒有。換句話說，就跟平常一樣。」

『說得也是。』

最後東頭說『我會把房間打掃乾淨等你來的』就掛了電話。

接著，我沒多想就把視線轉向隔壁房間的方向。

……她應該沒資格跟我抱怨吧？

因為對現在的我來說，比起沒必要遵守的義務，更重要的是不讓東頭寂寞。

東頭家位於稍微遠離大街的大坪數純住宅大樓。

我以前有送她回家過，所以來過大樓的門口。但每次都是在大廳門口說再見，這還是我頭一次實際走進去。

跟川波還有南他們家不同，這裡的門似乎不會自動上鎖。我順利走進大廳，坐電梯前往她事前告訴我的門牌號碼。

寫著東頭的門牌，位於走廊上的盡頭。是邊間戶。

站在門鈴前，我拿出手機打給東頭。

「喂，東頭嗎？」

『嗯啊……是偶——……』

「……妳該不會是剛睡醒吧？」

『不要緊——……我幫你開門喔——……』

電話掛斷了。也是，現在才下午一點。畢竟在放暑假，或許怪不得她。就慢慢等她換衣服吧。

我本來是這樣想的，但還沒從包包裡把書拿出來，房門已經喀嚓一聲打開了。

「歡迎——……」

頭髮睡亂沒梳的東頭出現了。

看到她那副德性，我露出傻眼的表情。

「妳這是迎接客人的打扮嗎？」

東頭只穿著較大尺寸的T恤與寬鬆的短褲，擺明了剛睡醒沒換衣服。

而且因為沒繫腰帶什麼的，T恤衣襬被大胸部撐高，在肚子前面像門簾一樣晃動。可能是穿舊了，衣服領口都鬆成了荷葉邊，白皙的胸口若隱若現，大腿也毫無防備地暴露在短褲外。

很明顯不是迎接客人該有的穿著——而且我好歹也是個男的。

雖然東頭的缺乏防備心不是一天兩天的事，但至少以往都還會穿成可以出門的樣子。可是，現在這身打扮卻是只限自家的……

「嗯啊～……對喔，我還穿著睡衣……」

東頭輕輕拉一拉衣領，低頭看看自己的穿著。T恤裡的部分都快從衣襟露出來了，我也不免別開了目光。

……嗯？她剛才……？

「抱歉……我一直睡到剛才——……呼啊……」

「去換衣服啦。我等妳。」

「啊——沒關係……我等一下就換……總之你先進來……」

東頭一邊頻頻揉眼睛一邊轉身走進玄關。

真的沒關係嗎？我雖然有點疑惑，但還是踏進了東頭家的大門。

「呼啊～……」

東頭邊打呵欠，邊脫掉涼鞋踩上玄關台階。

「……哎喲喂呀。」

看來是真的還沒睡醒，踩上去的時候，她被台階的邊角絆到——

——一晃！

……嗯嗯？

剛才……胸部，好像……晃得有點大……？

「好險好險，嘿嘿～……啊，水斗同學，你要拖鞋嗎～？」

「不，不用了……」

「這樣啊～那麼請跟我來～」

是我多心了嗎？再說我也沒有整天觀察它是怎麼晃的……

東頭慢步走在從玄關往右邊延伸的走廊上。

還沒走兩步，離玄關很近的位置就有一扇門，東頭打開了它。

「這是我的房間。」

「離玄關還真近。」

「是吧？出門的時候最輕鬆了。嘿嘿──」

「真羨慕。這是住二樓住了十五年的人的真心話。」

「我倒是比較嚮往你們家喔。兩層樓獨棟──」

「那邊是？」

走廊往前延伸幾公尺後往左轉。轉角前的盡頭還有另一扇門。

「那是爸爸媽媽的臥室──彎過轉角就是客廳了。」

「我是不是該先跟叔叔阿姨打招呼？」

「媽媽正好出門，晚點再打招呼就好──爸爸今天不在家。」

既然強調今天，可見平常大多都在家吧。這方面跟川波家或南家有點差別。

「請別拘束──」

東頭讓到一邊，請我進房間。

東頭的房間嘛，大致上就跟我想像的一樣。

有個塞滿文庫本的書櫃，塞不下的書就放在書桌、床上或地板上堆成高塔。除了書之外，還有學校講義以及脫掉的襪子等等丟得到處都是，感覺完全就是充滿東頭風格的房間。

我隨便在地板上坐下後，東頭關上了門。

「呼啊～……你可以坐床上沒關係喔。」

「我沒妳那麼豪放。」

「咦——？沒什麼好奇怪的吧……」

東頭歪著腦袋，「嘿咻！」用膝蓋爬上了毛巾怵目驚心地亂丟的床上。

不過話說回來，她不是說過會先把房間打掃乾淨嗎？東一張西一張的講義，該不會是暑假作業吧——嗯？

無意間我的手動了一下，碰到了某種像是布料的東西。

這是什麼？顏色是玫瑰紅，附有兩個碗狀部位——

……………，……………

……………這應該是胸罩吧？

這個隨便丟在床上的東西，擺明了就是胸罩。跟以前看到的結女那件不一樣。差別在於尺碼。根據本人陳述，記得東頭說她是G罩杯——

真是夠了！根本就不是可以招待客人的狀態！

我火速別開目光，不去看掉在旁邊的胸罩。

但視線朝向的地方，又接連發生了新的意外。

「嗯～……」

在床上一屁股坐成W字形的東頭……

一邊以剛睡醒特有的迷糊聲音發出呻吟……

一邊用雙手抓住T恤的下襬，往上一拉。

感覺不像想要看自己的肚子。

那種掀起衣服的方式與速度，擺明了是——準備要脫衣服的動作。

東頭的肚臍露出來，肋骨也露出來，然後T恤卡到了上面的部位。

T恤的衣襬，把**那個**往上托了起來。

受到重力所牽引，**那個**的下半部從T恤底下跑了出來。

到了這個階段，我才終於發現到了——剛才我為什麼會覺得哪裡怪怪的。

原來她……沒穿胸罩。

雪白的半月形肉團，在沒受到任何布料保護的狀態下，暴露在掀起的T恤衣襬外面。

我一瞬間驚呆了。

首先前提是，我這是第一次實際看到女生的下乳——況且直到這一刻之前，我從來沒想過東頭會沒穿胸罩！

「嗯……！」

被G罩杯乳房勾住的T恤，讓東頭掙扎了一瞬間。

這一瞬間的掙扎，成了命運的關鍵。

「喂！」

在重要部位即將無可挽回地暴露在外之前，我大聲成功制止了她。

東頭正打算脫掉T恤的雙手頓時停住，她疑惑地看向我。

維持著露出下乳的姿勢，不解地注視著我整整好幾秒鐘。

然後……

「……啊！」

她總算露出了疑惑渙然冰釋的表情，把T恤衣襬拉回到肚子底下。

東頭抓著衣襬，沉默了半晌後說：

「…………嚇我一跳…………」

「我才要被妳嚇死了啦！」

被我全力吐槽後，「唔嘿嘿。」東頭難為情地笑了。

「完全睡昏頭了。我沒有搞懂男生待在我房間裡是什麼情形……」

「剛才那一瞬間，就把我嚇出一身冷汗了……」

「抱歉讓你受驚了——」

東頭在床上維持著W坐姿，對我低頭賠不是。

……這個動作讓T恤衣領鬆弛地下垂，使得仍然沒用任何東西包住的兩團白色球體硬生生地走光。幸好我即刻別開目光——但是，只有白色對吧？沒有看到什麼粉紅色的部分吧……？

太……太容易讓人趁虛而入了。

雖說這傢伙本來就是處處不設防，但是在自己房間裡更明顯。這已經完全超越信不信任我的層次了。她完全沒建構起自己房間裡有外人在時該有的行為機制。

「妳這樣也太不小心了。而且房間也完全沒收拾……」

「沒有啦——本來是想在睡前打掃的，結果……啊，糟糕。昨天穿的忘記收起來了。」

「……妳說昨天穿過的東西，該不會是現在掉在我旁邊的這個吧？」

「哎呀~……真不好意思……」

「真的！」

我拈起胸罩的一個小角落，把它用力扔向了東頭。

東頭把摔到臉上的那東西攤開來，放在自己的胸前比比看。

「如何？我穿的款式還滿性感的吧～」

「妳有在聽我說話嗎！」

「別看我這樣，其實我很難為情的。所以才會用開玩笑的方式掩飾過去啊，請你體諒一下。」

……體諒妳個頭。有在難為情的話不會多少臉紅一下啊。

東頭把胸罩塞進毛巾堆裡藏起來。

「真要說起來，妳怎麼沒穿胸罩啊……」

「當然是因為我剛剛還在睡覺啊。」

「睡覺的時候會脫掉嗎……？」

「要換成一種叫做睡眠胸罩的東西。看，就是這個。」

東頭攤開隨手扔在床上的黑色布料給我看。這一件看起來有點像是短版的小可愛，沒什麼纖細私密的感覺。

「好像是要穿上這個才不會讓胸部變形喔。」

「原來妳還會注重這個啊。」

「沒有啦，我如果不細心保養的話媽媽會宰了我……說白白糟蹋了她賜予我的漂亮巨乳。」

要是真的宰了她，漂亮或巨乳不就都沒意義了？

「那妳怎麼沒穿著這個？」

「我每次都是一睡醒就下意識脫掉。」

「是喔……」

好吧，我一個男人不會懂胸罩的拘束感，所以給不了什麼感想就是……

東頭把這件什麼睡眠胸罩的隨手一扔，低頭看著自己的胸部「嗯～」偏了偏頭。

「……一定要穿胸罩嗎……」

「一定要。」

「水斗同學會不會比較喜歡我不穿……」

「不會。」

「真的？」

東頭慢慢用兩條手臂隔著襯衫抱住肚子，凸顯出胸部的線條。

然後，她開始上下搖晃上半身。

「波濤洶湧——♪」

「快住手妳這笨蛋！」

隨著床鋪的彈簧嘰嘰作響，東頭的兩團突起部位柔軟地搖晃。只不過是缺少了胸罩支撐就有如此大的改變，從搖晃的方式甚至能感覺出它的重量以及柔軟度。

我被迫別開目光，從視野邊緣看到東頭邪惡地咧嘴一笑。

「怎麼了呢～？甩了我的水斗同學～？甩掉的女生的咪咪有這麼令你在意嗎～？」

「得意忘形到這副德性……！妳最好稍微感謝一下我的紳士風度！」

「嘿嘿～害羞的水斗同學好可愛喔～！來嘛來嘛，再靠過來一點嘛！」

「不要自己靠過來啦！」

東頭下了床步步逼近我，使我只能退後逃開。

大概是這種反應適得其反了，東頭開始得寸進尺，用雙手托起自己的胸部。

沉甸甸的分量，讓手指都陷進了T恤裡。

「很柔軟的喔～？我可以准水斗同學摸摸看喔～？」

給她三分顏色，她就開起染坊來了……！

我決定給她點教訓，於是稍稍壓低聲音說：

「……真的可以？」

「咦？」

「妳准我摸，對吧？」

「咦……」

我定睛盯住東頭的眼睛。結果東頭的眨眼次數明顯變多了。

「不是，那個，這個～……」

「可以摸對吧？」

我反過來逼近東頭。於是她也跟著後退相同距離。

「與……與其說，可不可以……我高興都還來不及了……可是應該說需要心理準備嗎……這麼突然會讓我心情上來不及接受……剛、剛才我只是有點玩過頭——啊！」

卯足全力一邊讓目光游移一邊滿嘴藉口的東頭，忽然大叫一聲，蹲下去把身體遮起來。

「怎麼了？」

「沒……沒有，那個……怎麼說……好吧，你沒注意到的話……就算了……」

東頭嘟嘟噥噥地小聲說了些莫名其妙的話，等了半天才終於抬起頭來。

總覺得她的臉，看起來好像有點泛紅。

「剛才……乳頭凸起來了。」

東頭半開玩笑地說，露出鬆弛的笑容。

我整個僵住了。

「……嗄？」

「嘿……嘿嘿。我好像有那～麼一點太興奮了喔～？——好痛！」

我二話不說，一掌往東頭的腦袋拍下去。

請妳這位女性朋友好好想想，什麼叫做不能跨越的界線。

為了讓東頭換衣服，我暫時來到房間外面。

真是……那傢伙不知道親密也要講禮儀嗎？就算對方不是戀愛對象，照常識來講也該有個最基本的服裝儀容吧。

……不過就這層意義而論，我剛才假裝想對她出手，或許是做得有點過分了──當然我已經跟她解釋過我不是認真的了。

我背靠牆壁，抬頭看著天花板。呆站在別人家的走廊上感覺實在有點尷尬。況且她說她媽媽就快回來了──不對，以這個場合來說，要是跟我說今天家人都不會回來才大有問題。

「──我回來了！」

聽到這個聲音伴隨著開門聲傳來，我心裡緊張了一下。

有人從鄰近房間的玄關走了進來──不對，是回來了。

不用想也知道是誰。

「伊佐奈──起來了沒有啊──？──哦？」

那位女性看到站在走廊上的我，眉毛一挑。

對方是一位又瘦又高，彷彿寶塚女演員般威風凜凜的女士。

她穿著讓身材更顯苗條的褲裝，背脊也挺得很直。雙臂雙腿也都毫無贅肉，看起來沒有東頭說的那麼粗魯，不過從男生般的短髮可以感覺出性格的蛛絲馬跡。

雖說由仁阿姨看起來也很年輕，但這位女士更是凍齡有術——就算說是東頭的姊姊我也會信。但我沒聽東頭說過她有兄弟姊妹。

「……打擾了。」

總之我先向這位女士——應該是東頭的母親打聲招呼。

東頭媽媽（暫定）說了聲「嗯嗯？」皺起眉頭，讓整張臉逼近過來。我不禁稍微往後仰倒。

「你這小子……該不會就是『水斗同學』吧？」

「我……我是。我叫伊理戶水斗。」

初次見面竟然就叫對方「小子」。

我一面受到某種難以言喻的壓力震懾，一面用詫異的眼神回看她。這位女士身高竟然跟我差不多。

東頭媽媽（暫定）偏著頭說：

「不是啊，奇怪了……伊佐奈那丫頭的死黨，怎麼可能會懂禮貌到初次見面不忘報上姓名？」

哪門子的偏見啊。

「伊佐奈跟我說過『水斗同學』是個不愛理人又壞心眼的混帳邊緣人，哪裡會是你這種相貌堂堂的溫和型男？」

「喂，東頭——！妳在別人面前把我說成什麼了啊！」

「嗚哇哇哇！」

房門裡傳出慌慌張張的碰撞聲響。

幾秒鐘之後門開了，東頭探出臉來。雖然依舊穿著當成睡衣的T恤，但荷葉邊衣領裡可以隱約看到胸罩肩帶。看來有把內衣穿起來，還好。不，好個頭，還是露出來了好嗎？

「怎麼忽然凶我——啊，媽媽。」

「伊佐奈。」

東頭媽媽（確定）瞇著眼睛低頭看著女兒，說：

「不會說『妳回來了』啊？」

「媽媽，妳回來了！」

東頭倏然俐落地舉起一隻手，做出宣誓般的動作說了。「很好。」東頭媽媽點點頭。這是在幹嘛？當兵？

東頭媽媽用拇指很快地指了我一下，說：

「伊佐奈。我問妳一下，這小子是誰？」

「咦？他就是水斗同學呀。」

「就這小子？真的？」

「是真的啦～不是跟妳說過他長得超可愛嗎？」

雖然她之前就說過對誰講話都很客氣，原來對爸媽也是。感覺真不可思議。

「哦～……」

東頭媽媽用品頭論足的眼光看我……啊——真是麻煩。

「抱歉，可以請教您一個問題嗎？」

「什麼問題？」

「想請教一下您的名字。」

「我的名字？」

「是。否則我就得稱呼您『伯母』了。」

我只是覺得叫她「伯母」好像有點怪怪的，這麼問沒有別的意思；東頭媽媽一聽，神情愉快地笑著說：

「哦。你這男生真有意思。」

聽起來還真像少女漫畫的台詞。

「我的名字的漢字，第一個字是Nagi，第二個字是Tora。猜得出是哪兩個字嗎？」

「第一個字是Nagi，第二個字是Tora……是不是形容海風的『凪』，然後是動物的『虎』？」

「怎麼念？」

寫作凪虎——直接念成「Nagitora」不像女性的名字，所以應該是……

「……是不是念Natora？」

「答對了。」

一回答的瞬間，東頭媽媽——凪虎阿姨豪邁地一笑，用力拍了我肩膀好幾下。

「哎呀——哈哈哈！抱歉我不該懷疑你，水斗小弟！誰叫你跟事前的印象差這麼多嘛！」

「喔……沒關係，我不介意。」

「想不到你腦袋挺靈光的嘛！第一次就能念對我名字的人，目前你大概是第五個！」

連人數都不確定而且還挺多的。雖然的確是有點特別的名字，但比起一般所說的閃亮名字要好多了。附帶一提，我之所以能猜到是形容海風的『凪』，是因為女兒的名字跟海有關

（「伊佐奈」的發音是鯨魚的古稱）。

「再說，你明明還是個小鬼卻想到要給我面子！我很欣賞你，水斗小弟！跟伊佐奈在一起太糟蹋啦！」

「謝謝。」

總之只希望她別再猛拍我肩膀了。

「真是太好了呢——水斗同學。媽媽要是不欣賞你，可能已經把你揍扁了喔。」

「咦？」

「伊佐奈妳少對別人家的小孩亂講話，傳出去能聽嗎？只會給他點顏色瞧瞧然後踢出家門而已啦。」

那跟把人揍扁有哪裡不同？

「……是說伊佐奈，妳這是什麼德性？這是客人上門時該有的穿著嗎？」

「咦——？又不會怎樣，反正沒有要出門嘛。」

穿著T恤加短褲的東頭，不服氣地噘起嘴唇。

阿姨說得好，請再多說她幾句。麻煩妳教教這傢伙一般該有的常識。

「嗯——……」

凪虎阿姨雙臂抱胸打量女兒的穿著，說：

「……不，這樣反而不錯。妳今天就穿這樣吧。」

「好耶——」

嗄？哪裡不錯了？妳指的是荷葉邊衣領滑落肩膀，把整條胸罩肩帶露出來的穿著打扮嗎？

凪虎阿姨沒回答我的疑問，開始在走廊上快步移動。

「伊佐奈，妳還沒吃吧？雖然晚了點，我現在來弄午飯。水斗小弟你在家裡應該吃過了，就吃些點心吧。」

「是，吃過了。不用麻煩了。」

「哈！辦不到。你是女兒第一次帶回家的死黨，當然要好好招待招待嘍？」

凪虎阿姨咧嘴露出狂野的笑容。雖然帥氣到如果我是女生可能已經被迷死了，但這位女士真的不管說什麼都是命令語氣耶……

我與東頭一起跟在凪虎阿姨後面，來到走廊轉角後面的房間。

房間採用寬敞的客餐廳一體化設計。往裡面走有個寬廣的陽台空間，洗好的衣物毫無遮掩地晾著。

「伊佐奈，妳今天的午飯是親子丼。乖乖坐著等我弄好。」

「好的——」

凪虎阿姨走進廚房，東頭則是搖頭晃腦地走向客廳的沙發。接著東頭一屁股坐到沙發上，一邊看著我一邊猛拍身邊的椅面，於是我也在那裡坐下。

東頭湊過來看我的臉，說：

「見面很成功呢。」

「好像是……好吧，總比被討厭來得好。」

「今後想來我家隨時可以來喔！」

「只要妳願意穿得端莊一點，我會考慮。」

我看都沒看東頭的臉就這樣說。現在要是轉過去看東頭的臉，會從T恤衣領看到她的胸口。

東頭顯得不太服氣地說：「嗄──？換衣服很麻煩耶……」好吧，我不是不能體會妳的心情，但希望妳作為一個人，起碼要有最低限度的羞恥心。

不過話說回來，竟然允許女兒穿得這麼不得體，到底採用的是哪種教育方針？我看東頭對世間常識的生疏就是家裡教出來的。

我們聊月底的新書聊了一下後，凪虎阿姨從廚房走了出來。

「好啦。吃吧。」

一碗親子丼輕快地擺到東頭的面前。該說令我大感意外嗎？柔軟滑嫩的蛋汁看起來就像是餐廳賣的。東頭連一句「我要開動了」都沒說，抓起大碗就開始扒飯。還真的就像狗吃飼料一樣。

「這是你的。隨便吃一點吧。」

凪虎阿姨說著，把一個木盤子放在桌子的中間。是餅乾。

東頭嘴唇黏著飯粒說：

「啊，是昨天烤的那些。」

「抱歉不是剛出爐的。不過嘛，應該還是很好吃啦，大概。」

「阿姨您自己做的？」

「個人興趣。沒有一點小樂趣的人生過起來太沒勁了。」

像她這種類型的人，興趣竟然是烘焙……雖然很意外，不過自然不做作的講話態度讓這種興趣頓時變得帥氣很多。她這種不受旁人印象影響的灑脫個性，讓我覺得跟她女兒東頭有些相通之處。

我盛情難卻地品嘗餅乾（好吃）時，凪虎阿姨豪爽地在我對面坐下。

「嘿，水斗小弟。鄭重向你道聲謝，我女兒受你照顧了。」

「是啊。」

「奇怪？水斗同學，這時候不是應該說『我才是受她照顧了』……？」

「我才是照顧她了。」

「不對吧不對吧！說錯了吧？怎麼沒說成受身動詞！」

「哈哈！她好像給你添了不少麻煩啊。真是太謝謝你了。」

凪虎阿姨悠然自得地蹺起二郎腿，大口咬碎了餅乾。好像當成煎餅在吃似的。

「伊佐奈從以前就完全沒半點合群性可言。好吧，雖然比淪為隨處可見的路人甲好太多了，但一個死黨都交不到倒是讓我挺擔心的。當伊佐奈笑咪咪地跟我聊起你的事情時，我可是高興得很喔？」

「我、我哪有笑咪咪的啦……」

「明明就有……噢，錯了，不是笑咪咪是笑嘻嘻吧？她那副樣子看了就肉麻！」

「太過分了！我被家暴了！」

凪虎阿姨豪爽地發出哈哈哈的笑聲。看來母女感情很好。

「就我所知，願意跟我這不識相的女兒來往這麼久的人，就只有水斗小弟你一個。看樣子你們是真的很合得來喔。關於這方面你說呢？嗯？」

「……的確是這樣。我也是第一次遇到像東頭這麼合得來的傢伙。因為我以前也是個沒朋友的人。」

「哦？」

「別、別這樣啦，水斗同學……講成這樣我會害羞的……」

東頭發出「嗚～」的呻吟聲。又不會怎樣，我只是陳述事實，沒誇張到需要害羞吧。

「哈哈！」凪虎阿姨心情愉快地笑了一下，然後往自己的膝蓋上一拍。

「好！你們就結婚吧！」

我的腦袋一時沒跟上狀況。

「……嗄？」「咦？」

我與東頭都愣住了，好半天沒恢復過來。

凪虎阿姨一個人笑嘻嘻地說：

「水斗小弟，聽說你是學級榜首的優等生啊？在那種明星學校能有這種成績，真了不起。我看伊佐奈這輩子，不可能認識第二個像你這樣的績優股了。所以嘍，你就要了她吧。」

「呃……請等一下？」

「沒什麼好驚訝的吧？身為疼愛女兒的母親，會有這種請求不奇怪吧。我對看人的眼光很有自信，確定你一定能讓我女兒幸福。我要你娶伊佐奈，滿十八歲之後立刻就娶。」

我一邊被驚人的壓力嚇得上半身後仰，一邊心想：「該不會……」

我偷偷向身旁的東頭問道：

「（喂，東頭。妳該不會……沒跟妳媽媽說吧？）」

沒告訴她東頭已經跟我告白過，而我拒絕了。

我看凪虎阿姨根本不知情吧？

東頭縮成一團，說：

「（怎、怎麼可能說得出口啊……）」

「（為什麼？）」

「（我、我怕我那樣說……水斗同學，會死得很慘……）」

我閉口不言了。

然後，我看到了凪虎阿姨直勾勾射穿我的銳利眼光。

我渾身開始冒冷汗。

不無可能。

雖然我沒親眼見識過凪虎阿姨有多暴力……但她施加的壓力說明了一切。在警告我「敢讓我女兒傷心你就死定了」。

她乍看之下像是隨便對待女兒……其實根本寵得要命。

說不出口。

說出口就沒命了。

在這種狀況下，不可能坦承……我已經甩了她。

「嗯？怎麼樣？這個主意不壞吧？如果你也不討厭伊佐奈。」

「不是，那個……我只是把她當成朋友。」

「那又有什麼關係呢？跟死黨結婚有什麼不好？她是有可能給你添麻煩，但你別擔心。只有身體是我打造出來的，保證極品。」

凪虎阿姨豎起大拇指說。「嘿嘿。」東頭做出害羞的反應。害羞個什麼勁啊，她剛才講妳的方式差勁透了好嗎？

跟死黨結婚有什麼不好，是吧……

如果只是分租一個套房，我退讓個一百步或許也會覺得可以接受。但這件事就……

「哼。」

凪虎阿姨用鼻子哼了一聲，把餅乾咬得啪卡作響。

「我看你這副表情就知道，你是屬於嫌麻煩不想談戀愛的類型吧。」

「……是的，老實說，您說得對。」

「唉～……」

凪虎阿姨深深嘆了一口氣。即使會讓她失望，這就是我的真心話。亂找藉口糊弄過去，反而會觸怒這位女士。

「你真是什麼都不懂。小鬼頭就是這樣——就是像你這樣的類型才更該結婚啦。」

「咦?」

「聽好嘍,水斗小弟?所謂的已婚人士啊,就是已經從戀愛這種麻煩世界金盆洗手的人才能獲得的頭銜啦。」

意想不到的一番話,使我微微倒抽了一口氣。

「只要左手無名指戴著戒指就不會再有人想泡你了,也不用擔心鄉下爸媽整天問『交男朋友沒有?』『什麼時候結婚?』問個沒完沒了。已婚人士啊,這方面可是無事一身輕喔——?因為這下就不用再跟那群認為全人類都該談戀愛的沒藥救戀愛腦繼續糾纏了。」

凪虎阿姨爽快地哈哈笑了兩聲。

「我沒有要否定戀愛結婚,但讓我來說啊,那就跟賭博沒兩樣。因為喜歡的對象不見得生活節奏也合拍啊。你看看身邊其他人吧。國中情侶上了高中就分手,高中情侶上了大學也會分手。哪有可能憑這點程度的感情,去選定共度一生的對象嘛——要結婚的話,就該選個合得來的對象而不是愛人。這是前輩給你的建議。」

「像媽媽跟爸爸就一直感情很好。」

「是啊。我們現在還會一起打『魔物獵人』咧。」

「但我覺得爸爸總是被媽媽教訓。」

「誰叫他忘了帶大爆桶。」

哇哈哈！凪虎阿姨像個海盜一樣大笑。

國中交往的情侶上了高中就會分手，是吧……

真是至理名言。戀愛只是一時的迷惘，不該用來決定人生的伴侶。

而且只要結了婚，就不怕再被這個問題擾亂心情了……

理論上說得通。

就算不能跟東頭成為情侶，如果是作為夫妻，或許可以過得輕鬆自在——這是我絕對無法否定的事實。

「哎……我剛才雖然叫你們立刻結婚，不過慢慢考慮不用急啦。畢竟高中生還是只能用下半身考慮問題的年齡嘛。」

這位女士是不是把高中生當成低等生物了？

「喂，伊佐奈。」

「什麼事——？」

東頭已經把親子丼吃完了。她舔掉黏在嘴唇上的飯粒。

凪虎阿姨看著這樣的東頭，指著我說：

「妳想想辦法勾引這傢伙。」

「咦？要是做得到我早就做了。」

「妳說啥？妳以為我把妳生成這麼個波霸是為了什麼？拿來用啊。」

「媽媽妳是不知道水斗同學有多清心寡慾才說得出這種話啦。」

「想也知道他是在硬撐好嗎？笨耶。」

「咦咦～？」

「他家的話有別人在不是嗎？我出去一下讓你們倆獨處，妳要是沒膽不敢出手我就宰了妳。」

「嗚噁噁～」

東頭厭煩地呻吟了。

我覺得這一切都太瘋狂了，真佩服這對母女竟然能當著本人的面講這種話。感覺好像轉生到了有著不同常識的異世界一樣。

凪虎阿姨從沙發上站起來，說：

「好啦，那水斗小弟你就慢慢坐吧。這裡牆壁很厚，多少發出點聲音也不要緊啦。」

「……不用您費心。」

「不要讓我一再重複，我要好好招待你，這是一定的。」

凪虎阿姨咧嘴一笑，然後還真的出去了。

留下我們兩個，只能吃吃餅乾打發時間。身旁的東頭可能是顧慮到我的心情，沒有像平常那樣躺到我的大腿上。

「……啊——水斗同學。」

東頭像是欲言又止，怯怯地說：

「媽媽說的那些話，你不用當真沒關係喔？」

「我知道。」

「她那個人任何事情都決定得很快。動不動就命令我這樣做那樣做。」

「嗯。」

「……那個……要不要回房間？」

我往身旁一看，東頭正在抬眼觀察我的臉色。

除了T恤的白色與胸口的膚色之外，彷彿還有水藍色的布料映入我的視野下半部。

「……也是。」

——想也知道他是在硬撐好嗎？笨耶。

她說得沒錯。

我甩了妳，並不是因為妳對我沒有吸引力。

我應該認真回想一下當時的狀況。

就是東頭向我告白，而我拒絕了她，那時候的狀況。

——對不起，東頭——我不能讓妳成為我的女朋友。

東頭聽了我的回答，有好一段時間，沉默地呆站原地。

我無法對她說什麼，也不能就這樣甩頭走人。那時我覺得我唯一能做的，就是在一旁守候著她。

其實我內心的某個角落，早已有了心理準備。

知道我跟東頭，也許不能永遠做朋友。

如同我跟過去國中時期的綾井那樣，或許我跟她也會更進一步發展。

到那時候……我做出的選擇，一定會讓東頭討厭我。

因為，我雖然很高興她這麼喜歡我……但那個座位，我目前還不想讓給任何人。

無庸置疑地，那是一次取捨與選擇。

為了不讓賴在我心中不走的那傢伙哭泣，我選擇——讓東頭哭泣。

縱然這麼做會讓我對自己厭惡透頂，那卻是我唯一能允許自己做出的選擇——

然而……

東頭她……並沒有哭。

她茫然地低著頭站在原地一會兒——然後，當她抬起頭來的時候……

臉上竟已浮現出一種傻氣的笑容。

——謝謝你聽我告白……我們回家吧，水斗同學。

就跟平常一樣。

看到東頭的講話方式跟昨天完全一樣，我一時之間愣住了。

——妳……還好嗎？

聽到我的蠢問題，東頭露出了自我解嘲的微笑。

她用左手抓住右手肘，像是要保護自己……

——不好，所以……現在如果剩下我一個人，會讓我有點害怕。

那時，我是第一次看到東頭伊佐奈受傷的模樣。

如果是別人傷害了她，我一定不會放過那個人。不管要用上什麼手段，我絕對會讓那傢伙受到報應，讓那人對自己的愚蠢行為後悔莫及。

所以，同樣地……

一想到傷害她的是我自己，我立刻覺得自己必須受罰。

覺得必須負起甩了東頭的責任。

所以，即使她向我告白之後被甩，竟然立刻就說要跟我一起回家，我也只能接受這種奇怪的要求。

那天，我跟東頭一起走出了校門。

我們一如往常地繞到書店逛逛，聊聊想要哪本新書，或是對哪個系列有興趣，總之就是一些平淡無奇的話題。

因為我認為那對她而言，就是最大的安慰。

然後，當我們準備各自回家時，東頭說了：

——那就……今天，真的很謝謝你。

就在那一刻。

到了那一刻，我才第一次聽到……東頭的聲音在發抖。

程度很細微。就只是微微發抖。

但對我來說已經夠了。

東頭跟我一起走在通學路上，挑選輕小說的時候，是如何拚命安慰自己的心情，如何努力挽留與我的關係——那一點顫聲，已經足夠讓我知道這一切。

或許是個性使然。

或許是性情使然。

她從不跟別人打交道，臉部肌肉不夠靈活。或許只是因為這點小理由，使得情緒沒有顯現在臉上。

但是——不覺得她很堅強嗎？

不像我為了一點小事就鬧彆扭。完全不像我分明希望能跟喜歡的女生回到過去的時光，卻不做任何努力。

她的模樣是那麼柔弱，但看在我眼裡，卻顯得閃耀動人。

看在我眼裡，是個必須排除萬難極力守護的寶貴事物。

所以——在東頭轉身背對我之前……

在她垂頭喪氣地，踏上寂寞的回家道路之前……

我抓住了她的手臂。

——咦？

東頭驚訝地抬頭看我的臉。

未曾灑落的淚珠停留在眼中，微微地盪漾著光彩。

為了不讓它奪眶而出，我告訴她：

——……就做朋友，有什麼不好？

——反正情侶這種東西，交往個幾年就會分手了。上了大學之後，搞不好根本就斷了聯絡。與其變成那樣——

——還不如做朋友來得好多了，不是嗎？

或許我是在狡辯。

或許這只是誇大其辭地貶低情侶關係，誇大其辭地把友情捧得過高，蠢得不值一提的油嘴滑舌罷了。

但我還是得找出一個理由。

找出一個讓東頭不用哭泣的理由。

——雖然我不會吻妳……但我可以跟妳勾肩搭背。

——就算妳忘了化妝，穿著打扮不可愛，我也不會生氣。妳待在我的身邊，不需要任何資格或努力。

——所以……

我沒能講到最後。

因為我還沒說完，東頭就低下頭去，緊緊抓住了我胸前的制服。

——不要再說了，拜託……

——你對我說這種話……會害我，變得更喜歡你……！

我沒有拒絕，也沒有肯定。

能不能允許自己接受，要看東頭本人的決定。

我只是跟她做了一個約定。

——我會永遠是妳所知道的我。

即使得到了妳的告白，我也不會變成另一個人。

即使我甩了妳，我也不會變成另一個人。

因為這是唯一的方法，讓我可以配得上妳的堅強。

幾秒後……先是聽見吸鼻子的「嘶」一聲，接著東頭抬起了臉來。

她的臉上，帶著拋開煩惱的笑容，好像剛才的模樣只是一場夢。

——那就這樣吧，今後也要請你多多指教了！

呃，不是吧。

雖然就連我，也不禁被她的心情轉換之快嚇到……

雖然我有點懷疑，她會不會只是在勉強自己……

但看著她心情愉快地揮手告別、快步回家的背影，我才明白這就是東頭伊佐奈。

目送她的背影離去的我，想必是瞇起了眼睛。

如同看著一個耀眼的事物那樣。

對，沒錯。我不會在這件事上模糊其詞。

因為，這絕不是一時的迷惘。

——我相信東頭伊佐奈。

這不是戀愛，而是信仰。

我們回到東頭的房間，不約而同地與對方保持了距離。

東頭坐到床上，我無事可做地站在書桌旁邊。

東頭把床壓得軋軋作響，目光明顯地四處游移，又頻頻撥弄瀏海。明明是她自己說不用當真的，卻慌張失措成這副德性。

「東頭。」

「啥、啥麼！」

只不過是叫她一下，她就整個人抖動了一下，手在空中慌亂地飄移。

這麼好玩，那就來捉弄她一下好了。

「沒有要對我做什麼嗎？」

「咦？……啊。我、我是不是應該把衣服脫掉？」

「手上的牌也太少了吧。」

如果真的要勾引我，這張牌也應該最後再打出來才對。

「啊嗚～」東頭一邊呻吟，一邊整個人往旁倒到床上。

「我辦不到啦……就是因為辦不到才會被甩啊……」

「別在意。換成別人一樣辦不到。」

「的確。我個人主張光是能把水斗同學帶進房間裡就已經大爆冷門了。」

說得一點也不錯。就連以前那個女朋友，也只有在感冒的時候才辦得到。

等東頭解除了緊張感後，我漫不經心地看看書桌。雖然毫無顧慮地在別人房間裡東看西看不太禮貌，但東頭每次到我房間已經把每個角落都翻遍了，所以算我們扯平吧。

東頭的桌上胡亂堆放著一部平板電腦、好幾本輕小說，以及積了灰塵的耳機等等。完全沒有半點用功念書的氣息。這傢伙到底有沒有在寫功課？

「……嗯？」

其中，我發現有一張活頁紙夾在書堆裡。

是學校筆記嗎？但怎麼沒有任何文字……

看到我好奇地把上面的輕小說拿開，「啊！」東頭叫了一聲。

「等……水斗同……那是……！」

很遺憾，太遲了。

我已經看見了畫在活頁紙上的東西。

沒錯——是畫在上面的東西。

那是一張圖畫。

畫的似乎是剛才壓在活頁紙上面的輕小說的女主角。

「哦……原來是這樣啊。」

「啊哇——！不要看不要看不要看！」

「不用這麼著急啦。我早就猜到妳可能有在畫圖或寫小說了。」

「咦！你看過我的平板電腦了……？」

「所以小說存在平板電腦裡了？」

「啊嗚！自掘墳墓了～……！」

東頭苦不堪言地把臉埋進枕頭裡。

我趁機把活頁紙抽出來，仔細檢查圖畫的內容。

「這不是描圖吧……如果構圖是自己想的，那應該算滿厲害的吧？」

「哪有啊……不管重畫多少遍，手臂啊腿啊還有臉就是怪怪的……」

「是喔。我一個外行人看不太出來就是了。」

至少我覺得這種畫功，在美術課已經足以受到班上同學的矚目了。

東頭在床上扭來扭去著說：

「完全不對啦～！都沒辦法畫得像社群網站的神級繪師一樣～！」

「妳想當神級繪師？」

「當然嘍！」

東頭先是猛地坐了起來，然後眼睛直瞪著我說：

「聽好了，水斗同學——畫功要夠好，才畫得了H圖。」

「是……是喔。」

「畫得不好，看起來就一點都不H！人體交纏的圖畫要有夠強的畫功才畫得出來啦！」

這個未成年青少女，竟然光明正大地想違法犯紀。

「幹嘛就這麼想畫A圖啊……」

「因為想看喜歡的女主角的乳頭啊！輕小說二創太少，只能自己畫！」

像她這樣誠實面對思春期性慾的女生可不常見。

「好吧，作為原動力或許是不能小覷。我是個外行，所以沒辦法給妳任何建議，但既然都練得這麼厲害了就繼續努力吧。」

「咦～可是想練畫功，必須練習畫素描之類的才行耶。」

「畢竟什麼事情都重視基礎嘛。」

「你不覺得畫蘋果什麼的很無聊嗎？光看都覺得膩。」

「又沒有人規定練習畫畫時一定要畫蘋果。畫妳喜歡、不會看膩的東西不就好了？」

「唔——……那大概就是水斗同學了吧。」

「對啊……嗯？」

她講得好像是理所當然，害我一瞬間沒反應過來。

東頭愣愣地微微偏頭，說：

「不是說要畫喜歡的東西嗎？那我要畫水斗同學。請提供協助——」

「呃不……好吧，也可以啦。」

該說她個性真的無憂無慮，還是當機立斷？……好吧，沒差。對東頭的這種個性大驚小怪會把我累死。

東頭下了床，拿起放在桌上的平板電腦。看來是要畫電繪而不是手繪。

「這張椅子給你坐——」

她從桌邊拉出椅子讓我坐，自己則回到床上。

我在椅子上坐下後，東頭坐成三角坐姿，把平板電腦放到膝蓋上。

「這樣可以畫畫？」

「可以。不要亂動喔——」

東頭拿起觸控筆，一邊頻頻看過來確認我的姿勢，一邊開始動筆。

「這是我第一次讓別人當模特兒，好像有點緊張耶。」

「妳平常都是靠想像在畫的？那也挺厲害的。」

「沒有，我常常會拿東西臨摹喔？不然畫人體的時候會漸漸不知道自己在畫什麼。」

「噢，所以妳會在網路上找圖片當範本？」

「何必特地找圖？看自己的身體就好了啊。」

「咦？」

「我會自己擺姿勢，自己拍照，然後照著畫……要看嗎？」

「……不要。」

「那就好。因為都是無修正的。」

她是想畫什麼啊？應該說，既然這樣就別問啊。

「那邊那個穿衣鏡，之前幾乎也都是只拿來自拍資料用照片喔——不過自從南同學她們教過我之後，有時候也會用在原本的用途上。」

我不小心想像了一下……對著放在牆邊的穿衣鏡，東頭究竟擺過什麼樣的姿勢。

她在房間裡獨自一人，穿著一身有失體統的打扮，擺出有失體統的姿勢，拿手機對著穿衣鏡——

——真是夠了，停下來停下來，別想了別想了。

拿東頭想像那種事，讓我有種強烈的罪惡感——或許是因為只要我有那個意思就真的可以成真，所以感覺會像是在否定沒有做出那種選擇的自己吧。

假如我現在收回那場告白的答覆，東頭一定會樂於接受。

假設，我是說就算有一天，那一刻真的到來——我也不該抱持著下流的心態那麼做。

「唔呼呼。水斗同學的身體……」

……不過對方的心態似乎倒是下流得可以。

「你的體型真的好纖細、好漂亮喔——手指這麼細，好像少女漫畫一樣。」

「只是缺乏肌肉而已。脫了衣服就是紙片人一個。」

「哦——……那我幫你灌一點水喔。」

「……喂，給我等一下。我有穿衣服吧？」

「衣服太難畫了。」

「喂！」

「沒事沒事！我不會畫需要打碼的東西啦！…………不過如果願意讓我看資料就另當別論。」

「誰要給妳看啊！」

「呿——」

東頭一副深感遺憾的態度噘起嘴巴。這傢伙竟然是說認真的……

東頭一邊聊天，一邊仍然在繼續動筆流暢地繪圖。結女拿我當人偶拍照時也是這樣，真不懂我的外形有什麼好看的。

「……盡是些品味怪異的傢伙……」

聽我獨自咕噥，東頭抬起臉來說：

「這次是我的初戀，所以我不清楚哪裡怪就是了。」

「我就是希望妳別講得這樣面不改色的。會把我嚇一跳。」

「那水斗同學，你就沒有喜歡過誰嗎？」

東頭問我的語氣，完全就像是朋友之間的閒聊。她的臉已經轉回平板電腦的螢幕上，筆也沒停下來。

我不會蠢到去問她會不會介意。我知道東頭伊佐奈不是那種心胸狹窄的人。

「……沒有。我沒有喜歡誰。」

「咦——？為什麼要騙我？我還記得喔——我跟你告白的時候，你不是說過自己心裡有個座位，而且被一個人占走了？」

「…………………」

「當時我覺得這種說法怪怪的，後來才弄懂，簡單來說就是你有個喜歡的女生對吧？」

至今我從來沒有問清楚，對於當時那個答覆的正確意涵，東頭理解了幾成。

而我也抱持著淡淡期待，心想也許東頭不會在意那種小細節。

但是，想想也是……那是不可能的。

「……不，真的沒有。我沒有喜歡誰……就目前來說。」

「目前？」

「…………妳就這麼想知道？」

「想啊！我心裡可是一直偷偷在意呢！」

「幹嘛偷偷？大大方方在意就好啦。是說幹嘛不當場問個清楚？」

「我哪有那個心情啦我那時可是即將要失戀了耶！」

「好吧，是我不好，抱歉……也對，妳不是可以隨意敷衍的對象。話說在前頭，不准生氣喔？」

「怎麼了？」

面對微微偏頭的東頭，我做好了最壞的心理準備。

「國中的時候——我交過女朋友。」

到目前為止，我從來沒提過這件事。

如今，我說出了從沒主動談過的這項事實。

東頭停止動筆了。

她動作僵硬、死板地抬起頭來。

「……啥？」

東頭開口的速度，慢到跟衛星轉播的時間差有得比。

「女……女朋友？」

「是啊。」

「戀人？」

「對。」

「水斗同學你？」

「正是。」

東頭像條魚一樣，嘴巴一張一合了老半天——

「你——你騙我——！」

她迅如閃電地在床上一路後退，背撞上了牆壁。

「像、像水斗同學這樣的，阿、阿、阿、阿宅！竟、竟然有過女朋友……！有過女朋友……！」

「跟我告白過的傢伙沒資格這麼說。」

「……啊，也是喔……」

東頭頓時冷靜了下來。

我本來還以為她會生氣。因為東頭似乎對我懷有同類意識——一定以為我也跟她一樣，度過了空虛寂寞的國中時期。也可以說我是不忍心背叛她，之前才會一直沒跟她講……

「這樣啊……水斗同學，有過女朋友……好像有點受到打擊……」

「幸好只是『好像有點』。」

「我還以為一定是某種噁心巴拉的回憶，例如有個女生借過你橡皮擦，然後你到現在都還無法忘懷之類……」

「妳以為妳喜歡上的是什麼樣的人啊？」

這樣就讓對方占據自己心中的座位，未免太有病了吧。

東頭一邊慢慢地再次開始動筆，一邊說：

「你說『交過』……也就是說現在分手了？」

「嗯，畢業時分手了……不過實質上來說，在那半年前就已經是分手狀態了。」

「嗚啊……我不太想聽到水斗同學說這種太現實的話題耶……」

「真的不想聽我就不講了。」

「真的。請不要再說了。」

這種時候應該要回答「不會啦」才對吧。

「是喔……原來如此——……所以你是為了那位前女友，才會甩了我嘍？」

「可……以這麼說吧。」

「簡單來說，就是你仍然忘不了那位前女友對吧？」

「嗚唔！」

「真是不乾不脆呢～」

「……我、我沒……」

「你是真心……」

一瞬間……

東頭的目光，看起來像是酸楚地低垂了下去。

「……喜歡過她呢。」

視線中，有著明確的羨慕。

羨慕那個陌生的女生，希望自己也有同樣的機會。

「照水斗同學的個性，你對你女朋友一定很溫柔，很貼心……就像少女漫畫的男主角一樣，能夠體察她的所有心情，適時伸出援手——」

她再次停止動筆……

然後視線抬高，像是在想像某種場面。

「…………啊啊…………」

繼而她嘆一口氣，說：

「…………總覺得，好噁心喔…………」

「喂。」

以這情況來說不是該重新回顧失戀的心情嗎？

「不是啊，因為真的很噁心嘛。對女生好的型男水斗同學，根本是人設崩壞。跟我觀點不合。」

「是啦，現在看起來或許是這樣……」

「你表演給我看看嘛（笑）。」

「語調變得像霸凌別人的學生一樣！」

我就做給妳看！妳這娘們小心別重新愛上我啊！

雖然正在當模特兒，但被激成這樣怎麼可能默不作聲？我從座位上站起來，膝蓋跪到東頭坐著不動的床舖邊緣。

我往東頭看著平板電腦螢幕的臉輕輕伸出手去，動作輕柔地撥開她的瀏海。

「……嗯……」

「再讓我看清楚一點。」

我回想起過去的場面，裝出溫柔的聲調，把臉湊向東頭。

「妳長得這麼可愛……別把它隱藏起來。」

東頭的眼睛往上看，她注視著我的雙眼，目光搖曳了一下。

然後──

「──噗呼！」

她猛然噴笑出來，摀住了嘴巴。

「啊哈！啊哈哈哈哈！啊哈哈哈哈哈哈哈哈哈！」

「爆笑個什麼勁啊！」

我用手掌用力拍打了一下在床上滾來滾去捧腹大笑的東頭。

對啦，現在冷靜想想簡直就是搞笑沒錯！但我當時可是很認真的！我開始想自殺了！

「噫──……噫──……啊──好好笑喔。再演一次給我看嘛（笑）。」

「才不要！」

「我還是覺得水斗同學就該是個彆扭邊緣人。不過以ＡＳＭＲ的效果來說還不錯。以後要做色色的事情時麻煩你用剛才那種感覺來。」

「才不要！！」

「呼呼。」東頭維持著似笑非笑的一張臉，速速蹭到我身邊來。

她把手搭到我肩膀上，嘴巴湊到耳邊說：

「（……水斗同學才是，你最帥了。）」

「呼唔……！」

「啊，這樣就對了嗎？原來如此，那位女朋友當時就是像這樣啊。好白痴的對話喔。」

「要妳管！天底下所有情侶都是白痴啦！」

「唔呼呼。嗯——那麼接下來嘛——……」

「夠了吧妳！噁不噁心啊！」

「嗚嘎——！」

我硬是把東頭從我身上推開，抓住她的肩膀把她壓在床上。

被我壓在身上後，「啊！」東頭裝模作樣地睜大了眼睛。

「既然你有過女朋友……難道說，您已經有經驗了……！」

「……沒有啦。沒發展到那一步。」

「噢，我懂了——難怪你會一直放不下……」

「才不是！這個我得跟妳說清楚，我甩了妳是為了別的原因，並不是因為我對那女的還有所留戀——」

「啊。」

東頭像是被某種東西引開了注意般，突然把臉轉向了一旁。

我也被引起好奇心，維持著把東頭壓在床上的姿勢往同一個方向看。

「…………………」

房間的門，開了一條小縫。

門縫當中，有一對眼睛正在悄悄偷看床上的我們。

是凪虎阿姨。

「……幹得好，伊佐奈。不過該戴的東西還是得戴上。」

說完，凪虎阿姨從門縫間把一個小盒子丟進房間裡來。

那是——容我講得委婉一點，這個嘛……就說是深夜的清潔袋好了……

「現在懷孕實在有點太早了。好啦，你們加油吧。」

凪虎阿姨留下這句話，就關上了房門。

連為自己辯解的時間都沒有。

「嗯——……？」

東頭一臉不解，注視著丟進房間裡的小盒子……咦？這傢伙，該不會……

東頭從我的身體底下溜走後，手腳著地爬過地板，撿起了小盒子。

「這是什麼——……啊！這是！」

歪著腦袋檢查過小盒子後，東頭開開心心地把東西拿來給我看。

「水斗同學請看！這個就是那個！戴在那裡的那個東西！我第一次看到耶！唔哇——原來就是這種東西啊。唔哇——……」

「……是啦。」

東頭似乎沒聽到我尷尬的回應，沙沙有聲地拆開了小盒子。我還來不及阻止，她已經劈哩一聲從一串四方形包裝上撕下一個，說：

「水斗同學，你看！……我銜。同人誌的封面——！」

「快住手妳這笨蛋！」

「好痛！」

我用最大的速度與力道往她頭上一拍，四方形小袋子從東頭的嘴上掉了下來。

這傢伙今天一天到底要跨越幾次底線才滿意啊。

「那我走了。改天見。」

「可以留下來過夜沒關係啊——媽媽也是這麼說的。」

「我沒粗神經到第一次上門拜訪就留下來過夜啦。」

東頭送我到公寓的入口大廳，我這麼對她說。

結果後來凪虎阿姨半強迫地留我吃了晚餐。豈止如此，甚至還叫我去洗澡，我心想繼續這樣下去可能就別想回家了，所以剛剛才設法脫身。

東頭只穿著睡衣披一件開襟衫，她稍微摩擦一下上臂說：

「下次再來喔。」

「好……如果可以，下次盡量選沒人在家的時候。」

「咦～討厭～你好色喔～」

「害羞的方式太缺乏想像力了。」

東頭用拉長的開襟衫袖子遮住嘴巴，發出呶呼呼的笑聲。

「下次來打電動好了，媽媽有恐怖遊戲喔。我想看水斗同學嚇壞的樣子。」

「我對那種的還滿有免疫力的喔。」

「這就難說了吧。看你玩ＶＲ被砍斷手臂時還能不能說出同樣的話來。」

「真的假的？妳家連ＶＲ都有啊……坦白講，我有點感興趣。」

「在家就要靠愛打電動的爸媽。畢竟靠零用錢買不起那麼貴的東西嘛～」

看到東頭微微搖晃身體表現興奮雀躍的心情，我微微揚起嘴角。

只要我繼續做我自己，東頭一定也會繼續做東頭。

什麼都不會改變。無論是告白或被告白，甩人或被甩，喜歡或不喜歡。

我們不會為一時的迷惘所惑。

「那我看你差不多到家了，再ＬＩＮＥ你喔。」

「好。我有那個興致就回妳。」

「少來了啦～明明就回覆率１００％～」

「還不是因為我如果已讀不回妳就會連傳一堆哭臉貼圖？」

「咿嘿嘿。」東頭笑了。

這就是我們的理想關係。

◆　伊理戶結女　◆

過了晚上八點，我才聽到家裡大門開啟的聲響。

自從吃過晚飯就一直心神不寧地待在客廳的我，腳步急促地走到走廊上。

就看到水斗在玄關脫鞋子。

「我說你啊！」

「……嗯？噢，我回來了。」

「你回來了……不是啦！」

「那是怎樣？」

「這麼晚了，你都到哪裡去了？又說會吃過飯再回來，媽媽又一直偷笑不肯跟我說！」

這種事是第一次發生。

起初我以為他是跟川波同學還是誰混在一起，然後一起吃飯，但總有種不祥的預感。因為媽媽一直在偷笑。好像別有深意地一直在偷笑。

水斗沒理會我的焦躁，一邊快步走過走廊……

「我去了東頭家。」

一邊不當一回事地告訴我。

……咦？

「因為東頭經常泡在我們家，她爸媽就說想跟我打聲招呼。只是沒想到竟然還留我吃飯啊，對了。」

——當我原地凍結時，水斗動作輕快地穿過我身邊，打開了客廳的門。

「由仁阿姨，或者爸爸也可以。」

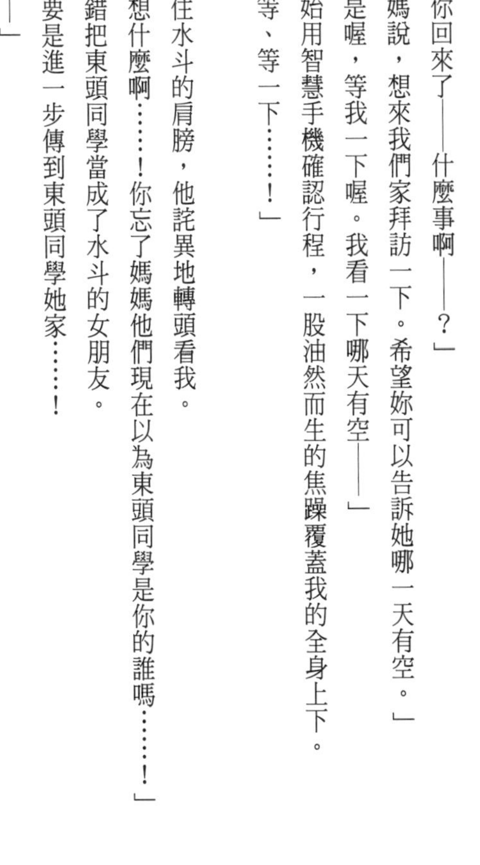

「啊，水斗你回來了——什麼事啊——？」

「東頭的媽媽說，想來我們家拜訪一下。希望妳可以告訴她哪一天有空。」

「哎喲！也是喔，等我一下喔。我看一下哪天有空——」

看到媽媽開始用智慧手機確認行程，一股油然而生的焦躁覆蓋我的全身上下。

「等、等、等、等一下……！」

「嗯？」

我從背後抓住水斗的肩膀，他詫異地轉頭看我。

「你、你在想什麼啊……！你忘了媽媽他們現在以為東頭同學是你的誰嗎……！」

媽媽他們，錯把東頭同學當成了水斗的女朋友。

這種誤會，要是進一步傳到東頭同學她家……！

「……啊——」

水斗打馬虎眼般地別開目光。

「關於這件事……」

「咦？怎樣？怎樣？我不想聽！」

「大概已經太遲了。」

水斗的口氣，充滿了死心的意味。

什麼意思？不用問他也知道。

這也就是說，東頭同學的家人，也已經認定他們是那種關係了……！

——這到底怎麼回事啦！

為什麼比起住在一起的我，東頭同學更能收服周圍其他人的心——！

♥兩對前情侶看家「——我也是個男人，好嗎？」

◆南曉月◆

自從我跟結女一起在家庭餐廳就座，到現在已經過了半小時。

「是這樣的……」

「嗯嗯。」

「……講、講了怕妳很難接受耶……」

「不會啦——！別客氣，講給我聽！」

「就是——……」

「是是！」

「……嗚～！還是覺得好難為情……」

「結女，加油！」

「妳、妳真的想聽嗎……？」

「想聽想聽！」

我南曉月，喜歡結女喜歡得不得了。

我巴不得一天二十四小時都跟她在一起。想把她那令所有女生豔羨不已的苗條身材隨時放在視線範圍內。想把結女的聲音檔下載到大腦裡無限重播。

以此為前提——現在，我必須坦白。

有夠麻煩的。

結女今天早上聯絡我，說有事情想找我商量。想到好久沒跟她碰面，我心癢難耐地梳妝打扮，在一個小時前出門。然後半小時前在家庭餐廳跟結女會合，笑臉迎人地問她：「所以，妳想找我商量什麼事呀？」

「該不該說出來呢～……」

之後整整半小時，都在上演動畫劇情追上原作時的那種拖戲情節。

是因為結女可愛我才能維持親切笑臉整整半小時，假如不是結女，我最少已經痛揍眼前的人三次了。什麼叫「該不該說出來呢～」？是妳把我叫出來的耶。妳不知道妳正在占用別人的時間嗎～？

不過好吧，我也可以理解結女這麼猶豫的原因。

其實關於結女想商量的內容，我幾乎已經猜出九成了——所以從某方面來說，也是因為不想聽她明講，我才會接受這種拖時間的狀況。這樣一想，結女無法輕易把事情說出來也是很自然的事。

反正就是要跟我傾訴戀愛煩惱對吧，結女？

我懂的。畢竟妳都忽然開始叫伊理戶同學的名字了嘛。

回到鄉下的結女幾天前傳ＬＩＮＥ給我的時候，我就發現了——從那時候起，我就慢慢做好了最壞的心理準備。

我也知道事情遲早會變成這樣。我勾引伊理戶同學失敗，又當不了結女的女朋友，東頭同學又極度滿足於朋友關係。這樣想起來，反而可以說拖太久了。

可是……可是啊……原來如此，我的角色定位就是這樣了。原來是這樣啊～……

我擔心自己會沒辦法冷靜地聽結女傾訴煩惱。我寧可她就這樣打退堂鼓，永遠不敢說出口——

「——跟妳說喔。」

然而結女下定決心的表情，斬斷了我的這種想法。

「是這樣的——」

這一刻終於來臨了。

坦白講，我嫉妒到快吐了，但我可不會寫在臉上。雖然結女被人搶走讓我覺得很寂寞又大受打擊，但又不是不能繼續做朋友，更何況我不忍心看結女哭泣。

我要盡全力幫助她。

我下定了這個決心，準備好傾聽結女的告白——

「——東頭同學，變成水斗的女朋友了。」

「…………………」

嗯？

嗯嗯？？？

我腦袋變得一片空白，連連眨了好幾下眼睛。結女不解地注視著我：

「咦？……啊！對不起，我沒講清楚。」

她慌張地做出可愛的揮手動作，重新告訴我：

「是這樣的，我們的所有親戚還有東頭同學的媽媽，現在都以為東頭同學是水斗的女朋友。」

啊——什麼嘛——原來是被誤會了啊。所有親戚，還有東頭同學的媽媽？這樣喔——

…………不是，為什麼啊？

「也太老套了吧。」

東頭伊佐奈大獲全勝的事件經過，無聊到讓我聽完只能不禁乾笑。

「那個女生是怎樣？為什麼比我們幫她的時候進展還順利？是裝了讀心晶片嗎？」

「這也要怪我們沒解開媽媽的誤會……本來以為錯把她當成女友不會有什麼壞處，而且也懶得解釋……可是沒想到，他竟然會在那種狀態下跑去東頭同學的家……！」

「什麼意思啊？我看伊理戶同學根本就對她有意思吧？如果別人以為自己跟沒感覺的女生是一對，一般不是都會馬上否定嗎？」

「……妳也這麼覺得……？」

「啊！我、我是說一般啦！一般！伊理戶同學是怎樣就不知道了！」

看到結女明顯地變得沮喪，我急忙打圓場。妳把自己搞得這麼好懂，拜託乾脆跟我把話說開算了！

「雖說沒有實際關係卻只有周圍的人自動被搞定是很棘手沒錯，但說到底還是要看當事人的心態吧？只要當事人不在意，就算被誤會也沒有實際害處啊。」

「是沒錯，可是——……」

「結女妳想怎麼樣？」

「我……」

結女表情一沉，用手指撫摸柳橙汁的杯子。

「我只是覺得焦急，好像非得做點什麼不可……但又完全搞不清楚，該以什麼為目標才好……」

「唔——」

真難解決。

雖然我說過沒有實際害處，但是對結女來說問題可大了。因為就算結女的戀情真的實現了，假如關於東頭同學的誤會還沒解開，伊理戶同學就會被親戚們當成「不但劈腿還對自家人出手的男人」。

可是說到底，解鈴還須繫鈴人……

「……真是。我恨死你了啦，伊理戶同學……」

「咦？」

「結女我跟妳說，這場誤會只能一步步慢慢解開了。這不是一兩天就能解決的，而且首先得讓兩個當事人——至少要讓伊理戶同學有那個意願才行。」

「『那個意願』是？」

「就是讓他覺得一直被誤會下去很討厭啊。也就是說——」

我伸出手指，直指結女的臉。

「只要讓他產生跟結女一樣的心情就行了。」

「…………咦？」

結女連連眨了好幾下眼睛，整個人停頓了差不多有十秒鐘。

「跟我……一樣的，心情？」

「嗯。」

「妳、妳、妳是說，那個……什麼意思……？」

我咧嘴露出燦笑。

「這個結女妳自己應該最清楚吧。」

結女臉頰轉眼間變得紅通通的，然後趴到了桌上。

「……嗚嗚嗚～～～！」

「不用這麼驚慌啦。我不會跟別人說的。」

「為、為什麼……？妳怎麼知道的……？」

「大概是因為結女太好懂了吧～」

「不會吧～……！」

啊——天啊，太可愛了啦～～！

只有一件事我可以感謝伊理戶同學，那就是讓我看到了這麼可愛的結女。

「不過話說回來，你們在鄉下發生了什麼事啊？看妳變了好多喔。」

「有變那麼多嗎……？」

「一看就知道了。」

「沒有啦……」

結女爬起來，滿懷憂思地隨手梳理一頭長髮。

「也沒有怎樣……」

「最好是～」

「咦～可是，這也太……呃，那個，不要跟別人說喔？在這裡講講就算了喔？」

啊，我在自找麻煩。

我馬上就察覺到了。

結女擺出一副不情不願的態度，其實想找人傾訴想得不得了。根本就想找人放閃想到受不了。而我現在，被結女歸類為「唯一願意聽她放閃的朋友」。

一失足成千古恨。

當我發現時，她已經開口了。

「跟妳說喔——」

「——然後啊，那傢伙一臉正經，心臟卻跳超快的！虧他平常還老是拿我的身材開玩笑！」

「呀～！」

結女開心地發出歡呼。

啊——能把那個假痞子男的糗事洩漏出去，超痛快的！

……奇怪？本來明明在聽結女說話的，怎麼變成都是我在講？

「還有呢？還有呢？還有沒有跟川波同學發生什麼事？」

「咦～？哪有發生什麼特別的事啦～？」

「怎麼可能沒有嘛～？」

「嗯～我想想看～……」

我跟結女兩個人湊在一塊笑嘻嘻地回想記憶內容，忽然猛地回過神來。

「……不對不對，不是這樣吧！我們不是約出來聊往事的吧！」

「咦？不是嗎？」

「本來不是在討論如何讓伊理戶同學願意解開誤會嗎！」

「……啊！對喔。聊得太開心就忘了……」

是很開心沒錯啦。我也沒太多機會跟朋友聊戀愛話題——不對，我聊的才不是戀愛話題！

「所以得想想具體來說該怎麼辦。」

「該怎麼辦……？」

「總之呢，你們得先和好。結女妳因為想掩飾害羞，就跟他講了很難聽的話對吧？然後他對妳的態度就變得很冷淡對吧？」

「嗚……」

聽到他們在鄉下祭典接吻的時候已經差點要了我的命，但接著聽到結女被逼問理由時忍不住說了謊，又讓我為了另一種理由差點升天。妳怎麼會這麼笨拙啦！雖然這種地方也很可愛就是了！還有伊理戶同學也真是的！就不能體諒她一下嗎！親吻別人還能有什麼其他理由啦！

「雖然妳叫我跟他和好……可是我該怎麼做……」

「不用想得那麼複雜啊。就我看來，伊理戶同學其實意外地容易搞定喔！」

「是嗎～……」

「是啊是啊，只要稍微被打動就不會跟妳計較下去了。至於具體來說該怎麼做，結女應該比我清楚吧？」

「我比較清楚？」

「你們都一起住了幾個月了，總有發生過一兩次縮短距離的狀況吧？到目前為止，妳跟伊理戶同學在什麼狀況下距離最貼近？」

「距離……最貼近……」

結女念念有詞地重複一遍我說的話。

說真的，為什麼偏偏找上我當傾訴對象啊。我似乎可以體會結女幫助東頭同學告白時的心情了。好像希望她能進展順利，又好像不希望……

「……啊。」

「哦！想到了嗎？」

「……呃……」

結女不太有自信地別開目光，說：

「那個……跟妳說喔？就是剛開始一起住的時候，有一次就我們兩個看家——」

我好不容易才忍住沒吐血。

「呼～……」

抬頭看著濕答答的浴室天花板，我呼出一口氣。

結女現在，不知道是不是正在努力嘗試～……

我把嘴巴沉到水底，咕嘟咕嘟地吐泡泡。我真是的～怎麼會給她那種建議呢～硬要說的話，伊理戶同學本來應該是我的勁敵才對。四月的時候還跟他求過婚呢，真令人懷念。

真的，只要想到現在結女可能在對伊理戶同學做什麼事，就覺得胸悶想吐。可是同時，卻又希望她能夠進展順利。無法用一句話來形容的複雜心情，在我的胸中打轉。

我……並不是想跟結女成為情侶。

假如她跟我告白，我八成會歡天喜地的跟她交往。雖然我完全歡迎那種狀況，但有另一種心情勝過了那種感情。

我想那應該是……一種羨慕的心情。

我有點羨慕所謂的家人關係——擁有一個能夠一直陪在身邊的某某人，希望自己也能夠分到一點。所以我才會突發奇想，覺得只要跟伊理戶同學結婚就萬事解決了。

那時候，我還沒放下。還惦記著國中時期，那個致命性的失敗。

如果說我完全沒有一種念頭，想盡快彌補過去的失敗……或許，會變成自欺欺人吧……

可是，現在——

「——喂～妳要泡多久啊？」

「現在要出來了啦～！真是，這麼囉嗦。」

我一邊回答小小的聲音，一邊發出啪喇水聲從浴缸中站起來。

就讓我慢慢泡一下澡又不會怎樣。雖然這裡是你家沒錯啦。我們都是嫌一個人在家的時候燒洗澡水很麻煩才會輪流借用彼此的浴室，所以這叫互相幫助好嗎？

不過這種互助關係，也是這一個月以來才慢慢變成常態——自從那次學習集訓之後，我們算是漸漸恢復到了過往的關係，或許吧。可是，到頭來，那傢伙的好感過敏症似乎還是沒好……

「嗯～……」

我在更衣室一邊擦身體一邊思考，無意間想到了一件事。

「不知道那傢伙……現在可以接受到什麼程度？」

◆　伊理戶結女　◆

我在更衣室擦乾身體後，把裹在身上的浴巾邊緣緊緊捲進內側。

「……好。」

找曉月同學商量讓我想起了一件事。

在將近五個月的共同生活當中，我與那男的距離最接近是在什麼時候？

是祭典接吻的時候嗎？錯！

那是在剛開始同住一個屋簷下的時候——我曾經一時興起想逗逗那男的，於是故意只圍著浴巾到客廳去。請問那時的我們，後來怎麼樣了啊！

——不……不行……規定……

——今天，就當作是我輸了。

「～～～～～～！」

我在鏡子前面用手遮住了臉。

光是回想起那段記憶，都覺得簡直要命。

因為，那時候……根本再過五秒就要出事了啊。假如那時候，媽媽他們沒有回來，我們就……完全——真是，思春期就是這樣！分手後連一個月都不到，就這麼容易屈服於性慾！

不過……這次，我必須讓這種性慾幫我一把。

跟東頭同學的關係被誤會，只能讓水斗本人去解釋。為此，最好的手段就是由我來說服水斗。至於要怎麼樣才能說服一個男生——

只有一招，就是色誘。

箇中邏輯再單純不過了。

事前準備萬無一失。只能說天助我也，媽媽跟峰秋叔叔都聯絡我們說今天會晚歸。基於前車之鑑，我這次有得到口頭保證，確定他們晚上十點左右才會到家。

我要在那之前，完成所有任務，然後在最後一刻開溜。

命名為吊胃口作戰。

……絕、絕不是因為我沒有勇氣從女孩變成女人或是怎樣。我只是從時間上判斷，覺得最多只能做到這樣罷了。嗯，就只是這樣。

——衝啊！

我踏著雄壯威武的腳步，就這麼圍著浴巾走出了更衣室。雖然客廳那邊很安靜，但剛才水斗還在沙發上看書。我想他應該還沒離開。

打開客廳的門一看，一如我所料，沙發上仍然有著水斗的背影。

我告訴他：

「我洗好嘍。」

「嗯。」

水斗簡短回答後，隨便瞥了我一眼。

怎麼樣？

這傢伙上次一看到，就把正在喝的茶全噴了出來——

「我等會再去洗。」

水斗平靜自若地說完，眼睛就轉回手中的書本上。

……怪、怪了——？

是不是沒注意到？會不會是太快了，沒看清楚我的模樣？

「……呼——好熱——……」

我一面隨口說說一面在沙發上坐下，讓自己進入水斗的視線範圍。

怎麼樣！這下看得很清楚吧。整條腿從大腿開始全看光了！

我還故意換蹺另一條腿給他看。

然而水斗的眼睛繼續停在書上，沒有移動。

可、可惡啊……！既然這樣……！

我伸手去拿放在桌上的泡茶瓶——當然只是裝的，目的是讓水斗看得見我的胸口。這樣總會看了吧！這男人對我的胸部可不是普通的有興趣，以前還偷過我的胸罩呢……！

「………………」

水斗略微瞥了我一眼。

來了！看吧，你這悶騷——

「嗯。」

水斗把我要拿的泡茶瓶，往我這邊推了過來。

瓶子碰到了我的手。

「……謝、謝謝……」

咕嘟咕嘟咕嘟……

我除了把茶倒進杯子裡，也不能怎麼樣了。

水斗的眼睛再度轉回書上。

——這是怎樣啊！

上次……！上次明明那麼注意我的一舉一動！眼睛明明就一直偷瞄轉開偷瞄轉開！這次卻完全無視我的存在！看認真點啦！這樣還蠻羞恥的耶！

……鎮、鎮定……我得鎮定一點。我灌幾口茶讓大腦冷靜下來。

上次我只能做到這點程度，但這次可不會這麼簡單就放過他。

我有妙計。

既然你堅持忽視我的存在，那我就引發讓你非看不可的狀況！

「……欸。」

聽到我叫他，「嗯？」水斗應了一聲。

「幫我……吹頭髮，好不好？」

◆ 南曉月 ◆

「真是，頭髮不會自己吹啊。」

「又不會怎樣。你們男生這麼輕鬆，偶爾就幫個忙嘛——」

小小打開吹風機的開關，熱風嗡嗡地輕撫我的頭髮。

我只圍著一條浴巾坐在沙發上，任由這陣風吹拂我的頭。隨後，小小的手指開始撥動我的頭髮。手指動作真粗魯。不過我很久沒讓美容院以外的人幫我吹頭髮了，還滿舒服的。

「我說妳啊，好歹穿件衣服吧。再怎麼說，這裡也是別人家耶。」

「沒辦法啊，太熱了。幹嘛？你會在意啊？」

「對啊，我怕浴巾從妳身上滑下來。誰叫妳身上實在沒什麼地方可以勾住——嗚噁！」

我用手肘去撞坐在我背後的小小的側腹部。我面朝旁邊坐在沙發上，小小在我背後把身體轉過來一半，用吹風機幫我吹頭髮。以前小小還得跪著才行，但現在他個頭比我高多了，正常坐著就可以摸到我的整頭頭髮。

我如果往後倒，就可以直接躺到他大腿上了。雖然有點想看看他會有什麼反應，不過在頭髮吹乾之前就先克制一下好了。

我一邊讓熱風吹在頭髮上，一邊看著自己露在浴巾外的大腿。

雖然我的確個子小又沒胸部，但其實對腿還滿有自信的。看到我這雙大腿，我這個罹患了怪病的青梅竹馬，說不定多少也會被勾得心癢癢的。

我之前就有想過了。

這傢伙的好感過敏症，安全與出局的界線究竟在哪裡？女生主動散發甜蜜愛意當然一定出局，但如果是無自覺地讓他感受到性魅力，或者應該說誘惑他但假裝成沒那個意思的話，會怎麼樣？

我覺得他應該還是有性慾吧——像游泳池那次，我就有感覺到他的劇烈心跳。

我猜內褲偶然走光應該可以過關，但如果是假裝成偶然的蓄意犯案，這傢伙的過敏症偵測得到嗎？

我很想實際測試看看。為了今後的雙方關係，該在哪裡劃分界線是很重要的資訊。

絕對不是因為我偶爾也想被他當成女生看待。絕對不是。

如果假裝成偶然的誘惑可以過關，我打算把他逗得心猿意馬然後賴在家裡不讓他獨處，用這種方式來整他。萬一他真的把持不住想碰我，我只要表現得像是你情我願，他就會自尋毀滅了。簡單得很。

「欸——」

我把手撐在背後，脖子往後仰，抬頭看著背後的小小。隨著距離稍微拉近，只圍著浴巾的身體變得毫無防備。

「下學期開學後不是有校慶嗎？你知道要辦什麼活動嗎——？」

我用體育坐的姿勢把大腿抬高。感覺就像讓浴巾的下襬內側若隱若現。

附帶一提，浴巾底下什麼都沒穿。

我已經沒在怕裸體被這傢伙看到了。呃，雖然害羞還是會害羞啦……總之不管怎樣，我覺得這傢伙應該會主張「有穿衣服比脫光更性感」。

小小看著我的眼睛說：

「不知道。只聽說會給很大的自由空間。」

「餐飲類也ＯＫ對吧？我看辦女僕咖啡廳好了——」

「校慶辦女僕咖啡廳根本是漫畫限定的情節吧——不過倒也不一定，聽說去年就辦過……」

「總覺得學生程度越好的學校，辦校慶的時候就玩得越瘋耶——」

我假裝只是隨口東拉西扯，其實一直在注意小小視線移動的方向。

他已經偷瞄我的大腿大概三次了吧。可以說越是提醒自己不要往那邊看，就越是欲蓋彌彰。

哦——

果然只要不被發現是故意的，就不會發作？

應該說這傢伙，原來還能用那種眼光看我啊。哦——

那我就……

「不曉得結女穿什麼最好看——而且我不想要她穿太暴露的——」

我一邊繼續維持話題，「嘿咻。」一邊調整屁股的位置。我的脊椎尾部，碰到了小小的骨盆之類的部位。

「這還用說嗎？如果只穿給伊理戶看還另當別論。」

替我吹乾頭髮的小小，手指撫摸著我的頭皮。感覺手部的動作，好像比剛才溫柔了一點。

「配對廚又來了。我是不知道其他年級或校外人士會有多少人來，總之得提防別人搭訕才行。」

「我會的。妳自己也要多小心啊。」

「嗄？什麼意思啊，你是在叫我也要小心被搭訕嗎？」

「不是，我的意思是反正妳一定沒人騷擾，就順便多保護一下伊理戶同學吧。」

「放尊重點，我有被騷擾好嗎？偶爾會碰到好嗎？碰到蘿莉控。」

「不要承認自己是蘿莉啦。」

左耳被他用手指一摸，我差點叫出聲音來……看，這裡不就有個蘿莉控？

趁著撥動頭髮的時候，拇指偷偷用按摩的動作撫摸耳背，然後順勢搓揉我的耳垂。這是在代替什麼啊——？其實應該有更想摸的地方吧——？說說而已啦。

「——啊。」

我輕聲呻吟一下當作特別服務，手指立刻就放開了我的耳朵。呵呵，真好玩。

「……差不多可以了吧。」

小小關掉了吹風機。看來到這裡就是極限了。

非常具有參考價值。以後我要鬧他的時候，就低調地來以免穿幫——

「喂。」

「呀嗚！」

低沉的嗓音搔動我的耳朵，我渾身一震。

「假如妳說有蘿莉控向妳搭訕是真的，那妳也要小心點。」

「你……你在認真個什麼勁啊。我只是開玩笑……」

「那就好。」

他用鼻子哼笑一聲——

冷不防地，對我的耳朵吹一口氣。

「（要不要我給妳留個吻痕躲搭訕啊？）」

一陣酥麻的感覺，沿著頸項直線上竄。

落在耳朵上的淡淡呼氣，徐徐地往下降。顴骨、頸項、鎖骨——

「你……！你白痴啊！」

我急忙跟小小拉開距離，轉身看他。

「身、身上留下那種東西還說什麼搭訕，連學校都去不了好不好！」

看到我用手按住呼氣碰到的脖子附近部位，小小不懷好意地笑著。

「妳在認真個什麼勁啊。不就開開玩笑嘛？」

「你……你說啥？」

「我只是想到國中的時候，妳有在我身上留過吻痕。那時候真的整到我了。我還把衣領豎起來努力遮住，真是賺人熱淚。結果反而弄得更顯眼了。」

……對耶，好像有做過那種事。

發現吻痕是真的可以吸出來，我那時太興奮，心想只要留下這種痕跡，或許就不會有壞女人勾搭小小了。

「剛才忽然想到，本來想報復一下的，不過放暑假沒人看到也沒意義。哈哈！」

……真的嗎？

不是被我撩起了慾望，變得想親我了？不是覺得我的脖子很誘人，想嘗一口？

當然，這種話我絕不可能說出口。他說是開玩笑就是開玩笑。

……這樣……

我無意間，注意到一件事。注意到一種可怕的可能性。

假設小小真的有了那種意思，黏著我跟我撒嬌——

到時候豈不是變成我得擔心他的那種過敏症，裝正經裝到底……

……………

那……那樣，根本是地獄嘛……

◆ 伊理戶結女 ◆

吹風機嗡嗡吹出的熱風，輕撫我的頭髮。

「為什麼這種事情要叫我做啊……」

「長、長頭髮很難吹啊。偶爾讓我偷懶一下不會怎樣吧？」

水斗用他纖細的手指，適度地按壓或梳理我的頭髮。頭髮明明不具有觸覺，我內心卻有著莫名的悸動。口氣粗魯，手部動作卻很溫柔，更是讓我心跳加速。

哎喲真是，怎麼會是我在心跳加速啦！應該要讓他來對我有感覺才對啊！

據曉月同學所說，不管對方如何裝出一副愛理不理的態度，只要毫無防備地露出背部，視線一定會出現可疑動作——好像是這樣。他剛才簡直完全沒把我放在眼裡，但現在進入了我的死角，在這狀況下應該會若無其事地偷看我的後頸、肩膀或者是胸口之類的地方……！

只要能逮個正著，我就能在精神層面上取得優勢。

我不動聲色地，偷看了一下背後的水斗。

那雙眼睛只看著我的頭髮。

神情平靜自若，絲毫沒有對我赤裸的肌膚動心的模樣。

……我開始生氣了。

虧我還特地做這種不習慣的事，你怎麼毫無反應啊！應該看得出來這個狀況明顯不自然吧！之前你明明都不會這麼遲鈍！

一不做二不休……！

我把浴巾打的結，稍稍弄鬆了一點。

我、我沒有要脫掉。真的沒有要脫……只是稍稍弄鬆一點，讓它看起來像是自然變得凌亂……

身體與浴巾之間，空出了少許的多餘空間。維持著這種狀態，我的手放開浴巾，毫無防備地開始滑手機。

你、你看……是不是快要走光了？很在意對吧？不可能視若無睹對吧？

水斗的手部動作感覺不出半點慌亂。

但是——我冷不防用手上的智慧手機，開啟了前鏡頭。

霎時間，我看到在我臉部後方映入鏡頭的水斗，迅速別開了目光。

有在看有在看有在看！

我頓時興奮起來，低調地挺起了胸脯。我贏了！你這悶騷色狼！那麼想看，幹嘛不從一開始就大大方方地看啊！

我太大意了。

自古常言道：「勝而不驕，常備不懈。」——以我的狀況來說，我應該要常保浴巾綁緊不懈才對。

一滑……

忽然間，我的胸部以下部位體驗到了自由的感受。

「……咦？」

啪沙一聲，浴巾掉到了沙發上。

藏在浴巾底下的我的身體，在ＬＥＤ電燈下暴露無遺。

沒錯。

暴露出剛洗過澡、微微泛紅的赤裸肌膚——

——以及睡覺時穿的內褲，還有無肩帶式的胸罩。

「……嗄？」

「…………………！」

我二話不說，急忙把浴巾往上拉。

穿……穿幫了。

比起只穿內衣褲的模樣被看見的羞恥，更大的問題帶來的尷尬氣氛使我冷汗直流。

沒錯——我擔心發生這種狀況而做的保險措施穿幫了。

我蓄意誘惑他的企圖，穿幫了。

「……原來如此。原來如此，原來如此，原來如此……」

水斗把吹風機關掉。

冷到極點的聲音，從我背後對我說話。

「真是頭腦簡單。」

「嗚唔！」

「上次看起來像是奏效了，所以這次就依樣畫葫蘆？妳以為同一招用在我身上還會管用？」

「嗚唔嗚……！」

「我不知道妳是想整我，還是想用那種規定來命令我，但妳如果想誘惑我，麻煩再做得高明一點。妳的緊張都傳達給我了，害我還得反過來顧慮妳。」

「嗯唔唔嗚嗚～……！」

手、手下留情……不要這麼不留情面嘛……！

就在我受到太大打擊以至於無法反駁的時候……

「——我告訴妳，結女。」

耳朵還沒聽習慣的稱呼方式，重重挑動了我的心弦。

「我是因為跟東頭混在一起，才會變得比較懂得掩飾。」

我的心跳漏了一拍。

你、你的意思是說……所以從剛才到現在，你並不是沒把我放在眼裡……

「我平常都對東頭這麼說，現在也對妳說一遍。」

比平時更低沉的嗓音，從耳朵刺向我的大腦。

「——我也是個男人，好嗎？」

「噫嗚！」

什……你這句……哈啊嗚啊……聲音，聲音……留在腦海裡……！

「那我去洗澡了。趕快把衣服穿起來，別感冒了。」

水斗恢復常態，離開了客廳。

等他走遠後，我整個人往旁倒到了沙發上。

……太奸詐了啦～～～～～～！

「我也是個男人，好嗎？」根本是犯規～～～！禁止說這種話！你這樣是犯罪～！

他是故意的嗎？想報復我？因為我想誘惑他？那他也太壞心眼了吧！真是夠了～～～！就是這樣才會害東頭同學煞到你啦！要是害我掩飾不了對你的感覺，我要怎麼辦啦～～～～！

結果一直到媽媽回來之前，我都在沙發上翻來滾去。

◆ 南曉月 ◆

「那就拜啦。晚安。」

他就這樣放我走了。

換成還在交往的時期一定會讓我留下過夜，但他現在就只是直接放我回家。不過我家離他家走路不到十秒鐘，這樣也很合理就是了。

我回到自己的房間，砰——整個人倒到床上。

……那傢伙的謎樣過敏症，要怎樣才會治好啊？

我這個罪魁禍首都已經改過自新了，他也差不多該好起來了吧？

好吧，其實他能不能好起來，跟現在的我都無關就是了。我只是覺得如果他自己在那邊誤會，弄得自己身體不舒服也很麻煩而已。

……對了，不知道結女後來怎麼樣了。

假如一切進展超級順利，現在可能已經跟伊理戶同學……

「……………………」

看我來當電燈泡。

看我用手機鈴聲打斷他們。

我拿起手機，打給結女。如果她不接電話，或是一接起來就掛斷的話那也挺受傷的；正在這麼想的時候，她接電話了。

『喂，妳好——』

「喂，結女啊？現在方便嗎——？」

『嗯，方便。』

也沒有半點焦急的感覺。看來她身邊沒人，我稍微鬆了口氣。

「情況怎麼樣——？吊胃口作戰的結果如何啊！」

『咦——？嗯，還好啦……嘿嘿。』

……哎喲？

這種靦腆的笑聲……難以啟齒的語氣……「儘管問我吧」的氣氛……

難道說……整件事情已經結束了……？

「進……進展得，很順利嗎？」

『嗯——或許可以這麼說……吧？』

「咦？咦？什麼意思？」

『嘿嘿。』

就問妳是什麼意思了嘛！

解釋！我在請妳解釋！不要只是別有深意地害羞偷笑啦！

『跟妳說喔……他跟我說「我也是個男人，好嗎？」。』

「嗯？」

就這樣？

我當下先是這麼想，然後……嗯嗯？

『那個，其實啊，作戰完全沒奏效……不只如此，還被他發現我是故意的……可是，我跟妳說，然後喔？原來並不是沒有奏效，他說他只是變得很會掩飾……說他也是個男人，要我小心點！』

「咦……咦！咦咦～！什麼鬼啊！」

我一想像起來，竟也不由得有點心跳加速。

咦？這什麼啊？偶像主演的愛情電影預告？

「伊理戶同學是從少女漫畫裡跑出來的嗎？」

『是吧！而且他講那種話都是不經矯飾的，就是這樣才可怕！』

「而且長得又可愛，感覺講這種金句一定很有型，真讓人火大～……！妳猜我這邊這個說了什麼？」

『咦？曉月同學也用了這招？對川波同學？』

「啊，嗯，對啦，一時興起啦。然後啊，我跟他說我也有可能被搭訕，結果他竟然說『要不要我給妳留個吻痕躲搭訕啊？』！噁不噁心啊～！」

『咦！滿帥的啊！妳不覺得滿帥的嗎！』

「結女覺得那種的可以接受？」

『要看是誰說的，但基本上可以接受！』

「這樣啊……好吧，嗯，其實我也沒有很排斥啦。」

『真是口是心非～』

「他才是好不好！那傢伙每次遇到狀況就擺笑臉打馬虎眼！」

結女被伊理戶同學搶走讓我很不甘心。

而且竟然偏偏找我當傾訴對象，根本是地獄。

可是……如果結女像這樣，只對我一個人傾訴祕密，我覺得那樣好像也不錯。

♥少年少女留影紀念「……可不可以三個人一起拍……？」

◆伊理戶水斗◆

每到暑假將近尾聲，就會迫使我想起那一天的事情。

兩年前的8月27口。

那是我有生以來第一次收到情書的日子。

當時我對戀愛多少還抱持著一點希望，留下了愚蠢但卻幸福洋溢的記憶。

而在今年，我同時也想起了另一個日子。

去年的8月27日。

在那個連ＬＩＮＥ都沒收到半點音訊的日子，我發現在去年同一天發生的事情，已經成了令人懷念的過往雲煙。我既不心痛，也不悲傷，發現這一天，已經成了懷著空虛心情沉浸在微溫舊情中的日子。

本來，我們應該要一起慶祝的。

這天應該會成為一個紀念日的。

但我們太幼稚，連迎接周年紀念日的資格都沒得到。

就從徹底痛悟到這個道理的意味來說，8月27日對我而言不是紀念日，而是忌日。

是從戀愛這種一時的迷惘中醒悟的日子。

是我心中的戀情死去的日子。

◆　伊理戶結女　◆

8月27日。

隨著暑假即將結束，這個日期逐漸逼近我的眼前。我一邊看著行事曆App的日曆，一邊同時回想起人生當中最幸福與最苦澀的回憶。

前年的這天，我人生當中的第一次告白成功了；去年則成了只能不乾不脆回憶過往的空虛日子。

不過，今年就不同了。

那個只會期待奇蹟發生的沒膽女人已經滾了。現在的我明白主動出擊的概念。我不會再空等別人來幫我，我可以主動採取行動了。

中間隔了兩年的紀念日。

沒有比這更好的機會了——想把那個懶在家裡的男人帶出去，讓他暫時忘記繼兄弟姊妹的立場，沒有比這更好的機會了！

「……去哪裡好呢——……」

我打開手機瀏覽器，搜尋適合出門散心——不，我不再打馬虎眼了——適合約會的地點。雖然上次去水族館其實玩得還滿開心的，但就算我主動開口說：「一起去遊樂園吧！」想也知道他只會回我一句：「嗄？才不要。」必須找個水斗多少會感興趣，而且可以約會的地點……

……話又說回來，他那天有空嗎？

我一不小心就認定他一年三百六十五天都不會有行程，但那男的現在也已經有朋友了。不像國中時期豈止朋友，恐怕連熟人都沒有。想像到他拒絕我的可能性，我才終於想到這一點。

我應該先問問他有沒有計畫才對。

我如此心想，於是開啟ＬＩＮＥ，打開了與水斗的聊天畫面。

我們說好晚上有事時不要直接找上門，而是用ＬＩＮＥ聯絡。況且如果我特地跑去房間問他：「你8月27日有空嗎？」我心裡在盤算什麼就要全部露餡了……

我斟酌了一下訊息內容，寫道：

〈欸，你最近有事要出門嗎？〉

……會不會有點怪？算了管他的，傳吧。

幾秒鐘後訊息顯示已讀，沒過多久就收到回覆：

〈有。〉

咦？

我心裡一驚，戰戰兢兢地打字：

〈什麼時候？〉

〈27日。〉

我正感到一陣頭暈目眩時，水斗傳來了訊息。

〈東頭約我看電影。〉

電影！

能夠適度引起水斗的興趣，又像是約會的地點……！原來還有這招啊——……！

不對，一不小心佩服過頭了……這樣啊，我被捷足先登了啊。

原來……他沒有為了我，空出那一天啊。

「這樣……啊……」

感覺好像很難過，又好像很寂寞——噢，我懂了。這就叫做「心痛」吧。

對水斗來說——對我們來說，8月27日已不再是什麼紀念日了。

當然了。都已經分手了，怎麼可能還來慶祝開始交往的日子？

他本來就沒義務為我空出那一天。

不知道我花了多少時間，細細體會這項理解得太遲的事實。

其間，我沒有傳任何回覆。這段不自然的空檔，或許已經把我的心境傳達給了水斗。

因為他就只有這種時候，真的很會體察別人的心思。

〈我應該把那天空出來嗎？〉

一看到這個訊息的瞬間——一股火氣直衝我的腦門。

〈為什麼要問我？〉

手指幾乎是自動地，把憤怒轉換成了文字。

〈你不是因為想跟東頭同學出去玩才會列入行程嗎？是你自己決定的不是嗎？結果只要我之後叫你空出來你就會照做？你不覺得這樣對東頭同學很失禮嗎！〉

我也不知道我為什麼氣成這樣。

可是，我就是覺得無法原諒他。無法原諒水斗竟然變成那種男人——為了**區區前女友**，就輕視跟現在好朋友的約定。

對……水斗在乎的，是名叫綾井結女的前女友，而不是我。

丟出單方面指責對方的長篇大論後，過了幾分鐘，水斗給了回覆：

〈妳說得對。抱歉。〉

訊息內容很簡單，但我感覺其中含藏著深刻的反省。

「呼……」我嘆一口氣，讓腦袋冷靜下來。

……也許我錯失了機會。

說不定只要我開口拜託，水斗就會把那天空出來。我不是本來就是這麼計畫的嗎？拿紀念日當藉口去約會？

不……這種想法，本身就很膽小。

我已經發誓要超越過去的自己了。我心裡希望他能喜歡現在的我勝過綾井結女。既然如此，怎麼可以再去依賴過去的紀念日？

水斗願意在紀念日那天排其他行程，我反而應該高興——因為這就表示，以前的我在他心中的存在感沒有那麼強烈。

……雖然那樣，也讓我有點不甘心就是了。

「看電影啊……」

真是想出了個好點子。不對，照東頭同學的個性，可能並沒有把這視為約會——大概就只是真的有想看的電影吧。

是說這兩個人，到底有沒有約過像樣的會？

雖然感覺他們總是黏在一起，但都只是在圖書室聊天、放學一起回家，或是泡在對方家裡，我看根本沒一起去哪裡玩過吧……

我打開了跟東頭同學的LINE聊天畫面。

畢竟這是她的初次約會嘛。身為過去幫助過她的人，當然會想替她加油一下嘍。我鄭重聲明，絕對不是因為只有我完全被排擠在外覺得不甘心！

我一面這樣找藉口，一面傳訊息給東頭同學：

〈聽說妳要跟水斗去看電影。加油！〉

看，我多麼地從容不迫啊。

某個只不過是男朋友跟女生待在一起就囉囉嗦嗦個沒完的小屁孩啊，多學著點吧。

過沒多久，東頭同學傳來：

〈對啊～〉

她如此回覆之後——

接著又傳了這個訊息：

〈結女同學要不要也一起來？〉

「…………」

我才不是那種人呢。

雖說兩個當事人沒有那個意思，但我可沒那麼不識相，會在人家初次約會的時候跑去當電燈泡——

〈難得有這機會嘛，那就一起去好了！〉

◆　伊理戶水斗　◆

我抬頭仰望藍天。

在小屋頂形成的陰影下，車輛頻頻從我眼前駛過。我就坐在離家很近的一處公車站的長椅上。

我在等人。

本來是沒有這個計畫的。我原本打算在電影院那邊隨便找個地方跟東頭會合就好。然而狀況有了變化。結女不知道為什麼突然加入我們，叫東頭到我們家來，而且把我趕出了家門。

真的，不懂為什麼。

今天是什麼日子，我當然也還記得。但是，我已經沒有義務將今天視為特別節日了。我就是這麼想，才會答應東頭的邀約。

但沒想到——東頭居然會找那女的一起來。

豈止如此，那女的居然也答應了。

一問之下才知道，那女的好像跟我LINE完之後，就跟東頭約好了。那女的是不是沒聽過厚顏無恥這個成語？明明是她叫我以東頭為優先——好吧，開口的是東頭，所以無論是我還是結女，都沒有對不起誰就是了。

帶著兩個女生看電影啊……

雖說一個是朋友，一個是家人，但半年前的我，絕對想不到這種事會發生在我身上。

好吧，其實看完電影就回家了。或許沒必要神經兮兮的吧。

「久等了。」

聽到聲音，我轉頭一看，只見兩個女生低頭看著坐在長椅上的我。

其中一人——結女難得穿著褲裝，把黑色長髮紮成了馬尾。上衣也是露出上臂的短袖款式，看起來比平常成熟了些。

至於東頭的打扮，我以前有看過，就是寬鬆的綠色調上衣搭配寬鬆的米色裙子，給人奇幻作品裡村姑般樸素印象的服裝。最近都看她穿帽T配褲子，要不就是鬆垮垮的T恤等毫無時尚潮流可言的裝扮，現在穿得這樣人模人樣的顯得很新鮮。

看到東頭的眼睛變得比平常水亮有神，嘴唇也帶有光澤，我恍然大悟。

「原來是為了檢查東頭的穿著打扮，才把我趕出來啊。」

「對呀。因為我如果不盯著東頭同學，她可能會穿著平常那種帽T出去玩。」

「又不會怎麼樣——就只是看電影而已啊？」

「不～行！在家裡我不會念妳，但是出門在外一定要打扮得像樣點！」

「好麻煩喔——……」

東頭垂頭喪氣，厭煩地說。女生真是辛苦，我深感同情。假如東頭生為男兒身，就算居家服跟外出服是同一件也不會有人講她吧。

「我說你啊。」

就在我事不關己當觀眾時，結女眼睛轉過來瞪著我。

「好歹表示點什麼吧。」

結女一邊說，一邊輕輕推了一下東頭的背。

東頭驚訝地眨眨眼睛看著我，神情顯得很困惑。我也是一樣的心情。

雖然我大致上想得到該說什麼，但是……

「對這套穿搭的感想，我上次已經講過了吧。」

「就是啊。我已經聽他說過了喔？」

「今、天、的！說出你對今天的東頭同學的感想！」

今天的～？

又不是天氣或氣溫，一個人的容貌哪有可能每日更新啊。

但結女恐怕不會服氣，我不得已只好找話讚美東頭。

「我覺得比平常的帽T好看。」

「就沒有更好的講法了嗎！」

「……嘿嘿。」

「東頭同學，不可以被這樣稱讚就害羞！太好應付了！」

這傢伙今天怎麼特別難搞？

正在這樣想時，結女一副深感遺憾的態度嘆一口氣，然後側眼看向了我。

「我呢？」

「咦？」

「我、說、我、呢？」

糟了。原來她要我稱讚東頭是為了這個在布局啊。

都已經稱讚過東頭了，現在不能再來忽視結女……可惡，耍這種小手段……

我抬頭看著穿搭略帶成熟風格的結女，想想可以說些什麼。

「……髮型。」

「咦？」

「難得看妳綁馬尾。」

結女輕輕碰了碰紮在後腦杓的頭髮，說：

「噢……是呀。平常綁馬尾會跟曉月同學重複。」

「原來如此。」

「……你喜歡馬尾嗎？」

聽到她含蓄地問，我一時沒能回答。

一方面是答不上來，而且該怎麼說呢？這個對話有點像——

東頭微微偏頭說了：

「涼宮春日？」

「……哼哼。」

我實在忍不住了，噗哧一聲笑了出來。

「咦？怎麼回事？有什麼好笑的！」

「建議妳還是多少接觸一下二〇〇〇年代的經典作品吧。哼……哼哼。」

「噗呼！我也很萌馬尾喔。露出後頸最性感了——噗呼呼！」

「拜託一下！不要就你們兩個在那裡搞小默契啦！」

不過嘛，還真的是犯規級的——或許沒這麼誇張吧，但的確很適合她。

只是我絕對不會告訴她本人就是了。

公車來了，於是我們依序上車。

「啊，後面有位子喔。」

「我們去坐吧。」

我跟著先上車的兩人，走向公車的最後面。

在沒人坐的橫排座位，東頭先坐下移動到最旁邊。本來以為接著結女會坐到她旁邊，沒想到——

「來，這裡。」

她在東頭旁邊空出一個人的距離坐下，叫我去坐在那個空位。

為什麼要特地把我夾在中間……我雖然心裡不解，但她輕拍了幾下椅面催促我，我也不便視若無睹。於是我就被結女與東頭左右包夾，在座位上坐下。

「哦哦～兩手捧花呢。」

「呵呵，開心嗎？」

「我覺得真正的花不會說自己是花。」

「水斗同學，你蹺起二郎腿擺一下跩臉嘛。然後我來靠在你肩膀上。」

「不要玩異世界後宮系輕小說封面的哏啦。」

「真佩服你這樣就聽懂了……」

車門噗咻一聲關上，公車上路了。

我們隨著公車砰咚匡噹地搖晃，東頭越過我探頭看向結女。

「說到這個，結女同學妳有多少御宅方面的知識啊？我知道妳很少看輕小說，那漫畫是不是也都沒看？」

「可以說幾乎沒看。只有從裏染天馬的台詞學到一點。」

「裏染天馬？」

「某個推理系列的偵探的名字啦。就是一個為了賺錢買藍光之類的動畫周邊，靠推理解決殺人事件的高中生偵探。」

聽了我的補充，「哦——」東頭說了。

「原來還有這種作品啊。好像很有趣。」

少年少女留影紀念

「……可不可以三個人一起拍……？」

「那類作品只是沒有插畫，其實讀起來就跟輕小說差不多。」

「想看嗎？我很喜歡那個系列喔。」

「妳願意借我？我很少看推理小說呢。」

結女與東頭都越聊越把身體靠向對方，結果變成從左右兩邊一起推擠我的肩膀。

為了盡量躲開碰到右肩的東頭與左肩的結女，我自然而然地縮起身體。

「推理小說向來有很多作品角色設定鮮明，我覺得東頭同學應該也看得下去喔？」

「可是會有人死掉耶。」

「妳討厭有人死掉的故事？」

「沒有啦，也不是說討厭——只是我比較喜歡好結局，基本上來說。有人死掉好像就不能算是真正的好結局了。」

「也是——……不過，也有一些推理小說是沒出人命的喔。」

「不過即使是日常解謎，結局常常一樣苦澀就是了。」

「不曉得有沒有辦法設定成解謎成功後被害者就能復活？」

「這有可能成立嗎……不過找找看好像會有。」

就像是趁著講話的機會，抓準了時機。

坐我左邊的結女悄悄伸出右手，把我的手肘拉過去摟住。

這傢伙想幹嘛啊？

換成東頭的話我不會特別在意，但這傢伙不可能毫無理由就在外人面前跟我做肢體接觸。

我假裝完全沒發現，繼續聊天。

「如果是假死情節應該有吧，或者是回到過去預先解決事件之類的。」

「時空穿越系對吧！我大多都喜歡！」

「啊，那種的我也喜歡。」

「說來說去啊，還是登場人物歡笑收場的作品讀起來最開心了。無論是輕小說還是純文學都是。」

左邊的結女，已經變成了跟我手挽手的姿勢。

她從對面的東頭看不見的位置，慢慢地與我越貼越近，漸漸就快變成了剛才東頭開玩笑想擺的姿勢。只有胸部維持在快要碰到但沒碰到上臂的位置，真佩服她的平衡感……好像有股甜香。似乎不是平常洗髮精的香味，是擦了香水嗎？

耳畔彷彿聽見一種細微的嘻嘻笑聲。我往旁瞄一眼，只見結女意味深長地對我使了個眼神……這是在玩什麼遊戲啊？

我決定努力忽視結女的行為。

呵呵呵……奏效了，這下子奏效了。

◆ 伊理戶結女 ◆

之前水斗說他現在比較懂得掩飾，但從這個前提來看的話，就能明顯看出他很在意我的一舉一動。視線的動向或是超乎必要的僵硬表情，在在訴說了水斗的心境。

三個人一起出來玩，從結果而論是做對了。

畢竟上次我才剛誘惑他失敗，假如就我們兩個，氣氛可能會有點尷尬。就這點來說，只要有東頭同學在就不用擔心，而且我也可以配合東頭同學毫無顧慮的行為，或是對水斗趁虛而入。

雖然這樣好像在利用東頭同學讓我或多或少有點內疚，不過反正是她本人開口約我的，況且東頭同學似乎也玩得很開心，就當作是各取所需吧。

「今天要看的是哪一種電影？記得是動畫對吧？」

「就是青春類型加上一點科幻。大家都很推薦，我想看想很久了——」

我一邊跟他們聊著平淡無奇的話題，一邊輕輕碰觸水斗的側腹部逗弄他。太過分黏著他對東頭同學也不好意思，所以最多只能做到這樣，但只要想到他是強忍著不做反應就不禁覺得好玩。

而這男的如果只有我們兩個還可以光明正大地講我，但在東頭同學面前諒他不敢。

好，接下來看我怎麼逗他——正在這樣想的時候……

公車轉彎了。

我的身體硬生生地倒向旁邊。

導致——位置調整到僅有毫釐之差的胸部，軟綿綿地壓到了水斗的上臂。

「～～～～！」

不……這實在有點超過……我、我沒打算要做到這種地步的——……！

即使已經轉過彎道，我一時之間仍無法動彈。

現在如果放開他……就覺得，好像是我輸了……！

我偷看了一眼水斗的臉色。

「我有看過這個導演的其他作品喔。從作風上來說，我覺得水斗同學應該會喜歡。」

「我對動畫導演不是很熟，多謝妳推薦。」

他一臉平靜地跟東頭同學聊天。

……總覺得，好像是我輸了……！

結果直到公車抵達目的地車站之前，我都一直把胸部按在他的手臂上。

少年少女留影紀念

「……可不可以三個人一起拍……？」

◆ 伊理戶水斗 ◆

……明明只是搭公車前往目的地，卻把我搞得好累。

「那邊有虎之穴，走到對面有Melonbooks。」

「這附近御宅類的店真多呢。」

「再往對面走的話，還有感覺強者雲集的電子遊樂場喔。」

「東頭同學很會打電動嗎？」

「被我媽媽鍛鍊出來的。我家的家訓就是『中途放棄『隻狼』的傢伙等於放棄了人生』。」

「嗯……？是這樣啊——」

我們走在鬧區裡往電影院前進，結女若無其事地跟東頭聊天。

我從後面看著她們，心裡悄悄感到不是滋味。

竟然捉弄我當好玩……我上次好心給她面子明明還跟我生氣，真是有夠雙重標準的。

到了電影院，我們到售票機付錢領取東頭幫忙預訂的電影票。因為是學生票，所以差不多等於一本單行本的金額吧。很合理。

付款完畢後，結女說了：

「我先去一下廁所。東頭同學有需要嗎？」

「我不用。慢走——」

東頭輕輕揮手目送她離開。

影廳還要再過一段時間才會開放入場。我到門廳的等候長椅坐下。除了我們之外還有很多人等著看電影，有的在滑手機，有的則是忙著聊天。

「嘿咻。」

接著，東頭也到我旁邊坐下。

我們陷入了片刻的沉默。

東頭心神不寧地一下子左右搖晃身體，一下子又看看螢幕反覆播放的電影預告。看她一副坐立難安的樣子。但領票手續處理得那麼順暢，我不覺得她是不習慣看電影。

就在我想著這些事情時，她讓身體稍稍前傾，湊過來看坐在旁邊的我的臉。

「那個……水斗同學。」

「嗯？」

「你今天心情，是不是不太好？」

「……嗄？」

意想不到的問題，讓我回答的口氣不小心變得有點衝。

東頭神色變得更加不安，說：

「沒有啦，只是從搭公車的時候，就覺得你的表情好像有點僵硬……希望是我誤會了！」

搭公車的時候……噢，我懂了。

我盡力不對結女的胡鬧做出反應，結果好像擺出了臭臉。那這就是我的錯了。

「沒事，妳誤會了。剛才是因為……我很少搭公車，所以有點小暈車而已。」

我盡可能用溫柔的語氣，掰出一個說得通的理由後，東頭仍然顯得有點不安，說：

「原來是這樣啊……那就好……因為我太缺乏跟朋友出門的經驗……有點擔心是不是我害你覺得無聊了。」

東頭有時候，會在我面前露出這種表情。

平常看她總是我行我素活得不在乎他人眼光，但有時卻又像是清醒過來般觀察起別人的臉色，侷促不安地變得畏畏縮縮……差不多每三天，就會出現一次這樣的瞬間。

其實從當初認識的時候，她就一直是這樣了。

我們在圖書室認識，第一次講到話的那天……東頭就像是把自己的存在當成一種罪過似的，用戰戰兢兢、擔心受怕的神情和我交談……

由於我知道她有著那樣的一面，因此我必須堅決而篤定地說：

「不用擔心。」

一次又一次，不厭其煩地告訴她：

「不管妳有多搞不清楚狀況，我都不會生氣。」

「是嗎～？我怎麼覺得你好像常常生氣……」

「那不是在生氣，是在訓妳。」

「嗚嗯嗯～」

面對垂頭喪氣顯得很吃不消的東頭，我說：

「放心吧，我還記得我們的約定。」

我會永遠當妳知道的我。

那是在我拒絕東頭的告白，與她變回朋友時做下的約定。

東頭頻頻撥弄著瀏海，自然而然地露出了軟綿綿的笑容。

「……嘿嘿。」

「笑什麼啊。」

「我可以單推水斗同學一輩子。」

「不要擅自把我變成偶像啦。」

少年少女留影紀念

「……可不可以三個人一起拍……？」

◆ 伊理戶結女 ◆

我站在遠處，看著水斗與東頭同學緊挨著坐在長椅上。

水斗跟東頭同學說話時的表情極其自然而柔和，既不像是從前對我的珍惜呵護，也完全不像現在流露敵意的態度——是一種不會對女友或前女友露出的，只屬於東頭同學的表情。

坦白講，我感到有點羨慕。

但同時也為她高興。我不是在硬撐。是一種純粹的喜悅心情，從我的內心深處油然而生。

我想大概是因為，東頭同學做到了我們做不到的事吧。

她不會不必要地意氣用事，也不會受到多餘的妒意所困，能夠以想跟對方在一起的純粹心情為優先；或許是這點讓我真心佩服她吧……

…………………

真的嗎？

這種鬆了一口氣的心情，真的只是這樣嗎……？

東頭同學在笑，這項事實，讓我感到如此寬心——難道不是因為，我知道一些事情嗎？

像是穿著打扮被稱讚露出的欣喜笑容……

或是害羞地說她喜歡水斗的哪些地方……

東頭同學那些像是平凡無奇、隨處可見的女孩子一樣，既不特立獨行也不我行我素的另一面──

──難道不是因為，我知道她一些絕不會表現給水斗看的模樣嗎？

……應該是我杞人憂天了吧。

因為東頭同學看起來，笑得是那麼的開心。

所以──她應該沒有在隱藏什麼才對。

沒有為了水斗，在隱藏真正的自我才對……

「欸，你看他們……」「哇！原來是真的啊……！」

嗯？

我好像聽見了什麼聲音，但轉過頭去的時候，只看到暑假電影院水洩不通的人潮。

◆伊理戶水斗◆

「咦？妳原本想預訂情人座？」

「本來以為這樣會比較划算，結果仔細一看，還不如正常用高中生票價訂兩個位子比較便宜。」

「再說雙人座不是都在兩邊嗎？會看不清楚螢幕吧。」

「大概是重視調情勝過看電影的座位吧？」

「那不會在家裡看網飛就好？」

「我看你們是一輩子不會理解電影約會的情調了……」

我們邊聊邊走進昏暗的影廳，找我們的座位。

東頭似乎幫我們訂到了相當好的座位。我們三個並排坐下的位子，正好在影廳的中央附近。不會太近也不會太遠，可以把大螢幕看得很清楚。

遺憾的是，我又被夾在兩人中間了。

「（喂。）」

我小聲叫了一下坐我右邊，正在把隨身物品放到椅子底下的結女。

結女抬起頭來說：

「（什麼事？）」

「（看電影的時候不准鬧我。）」

「（哼。你別理我不就好了？）」

「（妳敢妨礙我看電影，我就讓妳替我出錢……）」

「（好、好啦！我知道了啦！臉這麼凶幹嘛！）」

這樣就行了。

我放心地靠到椅背上，看著大螢幕播出的電影預告。我其實還滿喜歡看電影預告片的。該說是會引發想像力嗎？總之有種猜測預告外部分的樂趣。美中不足的是我常常會看預告就覺得滿足，結果電影本身就沒看了——不過話說回來，在電影院看電影時聲音聽起來真的特別吵。就是預告特有的那種「登——！」音效。

「…………」

嗯？

總覺得有人在看我……我轉向跟結女相反的方向，看看左邊的座位。

就發現東頭正盯著我的臉瞧。

「……怎麼了？」

「沒！沒有……」

東頭急忙別開了目光——或者應該說，是讓目光游移。

怎麼了？我臉上沾到什麼東西了嗎？我認真地如此懷疑，於是摸了摸臉頰與額頭等處，但什麼都沒有。

雖然覺得有點在意，但還來不及再問東頭一次，大螢幕已經開始播出看電影時須遵守的注意事項了。它說觀影過程中禁止交談，我只好閉上嘴巴。

我關掉手機電源，看著長了攝影機臉孔的男子被逮捕，不久燈光就漸漸暗了下來。

電影開始了。

劇場版動畫獨有的華麗壯闊作畫，映現在整個巨大螢幕上。

只有這個靠小說是感受不到的。好吧，雖然偶爾也會有一些小說異樣具有畫面感，到了只能用「作畫超強」來形容的地步，但是用視覺來享受仍然別有一番風味。

就在我盡情欣賞電影時，有一隻手動作輕柔地，蓋住了我放在扶手上的手。

「啊。」

東頭低呼了一聲，急忙把手收回去。

碰到對方的手不是什麼稀奇事——但是平常總是擅自拿我大腿當枕頭的傢伙，怎麼只是手碰到一下就這麼慌張？我覺得有點在意，往旁偷看了一眼。

「（不好意思……）」

東頭縮起肩膀如此呢喃。

「（不會。）」

我一面感到不解一面如此回答，然後繼續看電影。

剛才東頭的表情，看起來好像在害羞……

怎麼可能嘛。

東頭又不是綾井。

◆ 伊理戶結女 ◆

「還滿厲害的。」

「就是啊——特別是後半段的敘事方式……」

「那就是所謂的抽象手法嗎？好像看得懂又好像看不懂……」

「很有動畫特有的衝擊性。」

我們一邊聊感想，一邊走出影廳。

電影還滿好看的。可能是因為我不常看動畫的關係，有些地方看不太懂，但看不懂反而也滿有趣的。水斗與東頭同學似乎就是喜歡這部片的那種部分，從剛才到現在一直在說「那裡是這樣」、「那個是那種意思」討論個不停。

「接下來要做什麼？」

「我沒計畫。」

「啊……所以，要解散了嗎？」

「嗯──這樣好像有點可惜耶……反正時間也剛好，要不要去吃個飯？」

「咦！可以嗎！」

「沒什麼不可以的呀。啊，記得跟家裡說一聲喔。」

「遵命！」

東頭同學莫名有幹勁地拿出了手機。

就在這時，水斗說：

「那，我去個廁所。」

「嗯，好。東頭同學不用嗎？」

「不用──」

水斗快步消失在廁所裡。

我發現東頭同學拿著手機，愣愣地注視著他的背影。

「……東頭同學？怎麼了嗎？」

「沒有，只是……我反應可能太慢了……」

東頭同學臉上浮現軟綿綿的陶醉笑容，說：

「在昏暗的影廳裡看著水斗同學的側臉……就覺得，好像在約會喔……」

「嗚！」

好久沒受到打擊了。

她那情竇初開的氛圍，使我世故的一顆心就像照到陽光的吸血鬼一樣滋滋冒煙。

比起能為了這點小事感動的東頭同學，偷跑耍低級手段誘惑男人的我真是貪得無厭……

就在我瞇起眼睛看著自己已經失落的寶貴事物時，「啊！」東頭同學突然叫了一聲看向我這邊。

「妳在LINE上跟我說『加油』，該不會就是這個意思吧！」

「……反應真的很慢耶。」

「啊，啊嗚，嗚啊——……！對不起，對不起！枉費妳一番好意……！」

「沒、沒關係沒關係。也怪我沒跟妳解釋清楚。」

罪惡感連連刺痛我的胸口。我怎麼有臉利用這麼純樸的女生啊……

不像我的心情一路盪到谷底，東頭同學臉上浮現幸福洋溢的靦腆笑容。

「告白失敗的時候，我本來還在想說『啊——我沒機會跟水斗同學約會了——』……沒想到還是辦得到呢。」

「……就是呀。這樣一想，就會開始懷疑情侶關係的意義呢。」

有權不准男朋友跟其他女生做這種事？……如果是那樣的話，那這種關係也太小心眼了。

東頭同學用一本正經的神情說：

「硬要說的話，大概之後會去開房間的是情侶，不會去的就是朋友吧。」

「……東頭同學，低級分數得一分。」

「咦？那是什麼的分數？累積了很多會怎麼樣？」

假如東頭同學說得沒錯……那麼就跟她的看法一樣，我也有點覺得其實不當情侶或許也沒差吧。

◆　伊理戶水斗　◆

「三位嗎——？」

讓家庭餐廳店員帶位，我們在半開放式座位坐下。「要點餐的時候請再叫我。」對著留下這句話就離開的店員，結女回答：「好的——」

我拿起放在桌邊的菜單。

「妳們要吃什麼？」

「另外點一份東西大家一起吃或許不錯喔。」

「那就披薩或薯條吧。」

「披薩啊……」

「妳不排斥吃披薩吧？」

「是不排斥……」

「終於開始擔心熱量問題啦？」

「才、才沒有……反正我都是長在胸部上……」

「再過不久就不能拿成長期當作體重增加的藉口了喔。」

「你很煩耶！你這皮包骨怎麼這麼粗神經啊！」

當我跟坐在對面的結女拿著菜單討論時，旁邊的東頭不知怎地顯得心神不定。

「東頭，怎麼了？」

「沒有，只是……」

她輕輕地左搖右晃，說：

「我是第一次跟朋友晚上吃外食……有點小感動……」

「啊——我懂！在外面跟家人以外的人一起吃晚飯，有一種非日常的感覺對吧！」

「沒錯！就是這樣！跟放學回家時稍微繞去其他地方又不太一樣！」

兩個邊緣人一副深有同感的樣子有說有笑的。很高興妳們這麼容易開心。

後來我們放棄披薩，點了一份大家一起吃的薯條，然後我點焗烤飯，結女點蒜香辣椒義大利麵，東頭點了漢堡排。當然也不忘加點飲料吧。

我們暫時離席前往飲料吧，我拿了紅茶，結女拿了柳橙汁，東頭拿了可樂。

「東頭同學妳……該不會真的是長在胸部上的類型吧？」

看到東頭倒了滿滿一杯可樂，結女說道。

「不曉得耶？上次量體重是體檢的時候，所以不知道。」

「妳都不看體重計的喔！」

「就算看了也不記得上次是幾公斤。」

「……看來我們需要教妳的可能不是化妝之類的表面功夫，而是更根本的、女生該有的思考方式……」

如果妳們願意那麼做，那算是幫了我一個大忙。

「其實我是第一次跟別人一起看電影，沒想到還滿開心的。有同伴可以立刻講感想真好。」

東頭一邊吃比較早送來的薯條，一邊語氣輕鬆地說。

結女有點像是怕說話刺傷她，笑著說：

「感覺東頭同學，好像不會介意一個人看電影呢……」

「一般不都是一個人看嗎？」

「是啊，一般都是自己去看吧。」

「呃，嗯，也是啦。現在也許不稀奇了吧。」

瞧她講得含糊其辭的。跟別人一起看電影，無論是要看什麼還是時間都得配合對方，怎麼想都很麻煩吧？要不是約我的是東頭，我根本不會來。

「下次又有什麼好片的話，我們再一起去看嘛。」

「好呀。我不太注意這方面的資訊，其他還有什麼好片嗎？」

「我也只會注意動畫電影……而且暑假快結束了，大概不會有什麼新片上映喔。」

「那下次就看真人電影吧。偶爾看看也不錯。」

「說得也是——只要不是愛情片都行。」

「妳討厭愛情片？」

「看了總覺得有點火大。」

「我懂。」

「你又懂了？」

不知道最近還有沒有什麼有趣的電影……我把手機拿出來。

啊，在電影院關掉電源後就忘了開了。我等手機開機。

當首頁顯示在畫面上時，身旁的東頭探頭過來看。

「水斗同學，你桌布用預設的啊？」

「不要太愛偷看啦。」

「嗯——……借我一下。」

「啊！喂……」

東頭把我的手機搶過去，然後開啟相機功能。

她拿別人的手機要做什麼啊——正在懷疑時，只見她設定成前鏡頭，然後湊過來跟我肩膀靠在一起。

坐在對面的結女驚愕得差點沒翻白眼。

「等……！」

「來，比V字。」

她讓我跟她的臉進入鏡頭，然後咔嚓拍了張照片。

雙人照就這樣完成了。

東頭把手機還給我。

「來，給你。」

「這是什麼？」

「桌布背景圖片。」

「妳是我女朋友啊？」

看著面無表情比V字的東頭，以及一臉詫異的我合拍的照片，我忍不住吐槽。

雖然表情不帶半點甜蜜氛圍，但假如把雙人照設定成桌面背景還要堅持我們沒在交往，恐怕誰也不會信。

「唔……既然這樣……」

「啊。」

東頭再次從我手中搶走手機，移動到對面座位，跟結女肩靠肩。

「啊！妳別——」

「比V字。」

咔嚓。

她拍好跟結女的雙人照後，又回到我身邊來，把手機還給了我。

「那這個怎麼樣！」

「也沒好到哪去，我都不知道我是誰了。」

「硬要說的話可能是爸爸吧……？」

「找乾爹嗎！」

「『夠了妳。』」

「低級分數得兩分。」結女宣告追加謎樣分數。

「唔唔……」東頭看著照片陷入沉思，然後說：

「……那就……」

東頭頻頻偷瞄我們的臉色，接著怯怯地說了：

「……可不可以三個人一起拍……？」

我跟結女偏著頭，看著東頭的臉。

東頭慌張地揮動雙手。

「啊，沒有啦，那個！我只是想說！仔細想想，我們三個人是第一次一起出來玩嘛！雖然常常一起待在家裡！所以，那個，想說留個紀念……這樣……」

紀念。

聽到這句話，我跟結女自然而然地互看對方。

——不是想到有事瞞著東頭而尷尬地互使眼神。

我們倆是不約而同地感到驚訝，然後恍然大悟。

我與結女在心中的某個角落，一定都還留有疙瘩。

8月27日。我們在東頭的面前，都刻意不把對於這個日期抱持的複雜心境表現出來。

我們雖然跟東頭待在一起，但對於今天這個本該成為紀念日的日子，心中的某個角落必然多少懷著一種哀悼。

前年是紀念日，去年是忌日。

既然如此，從今年起就把它變成另一種紀念日也不錯。

這麼一來……或許就能夠改寫那份苦澀的回憶。

面對我們的沉默，東頭不安地望向我們。

「是……是不是不可以？」

「當然可以。」

我立刻斷言。

「只不過是因為拍雙人照妳都沒在客氣，現在卻忽然懦弱起來，讓我一時有點訝異而已。」

「對呀。」

結女也輕聲一笑，像是要拉東頭加入般說道：

「我們三個一起拍吧——留作紀念。」

就這樣，我們三個人擠在兩人座位上，拍了紀念照。

看著這張又是我擠中間的照片，我心想：

前年我做錯了。

去年也做錯了。

但是今年，我或許沒有做錯。

彷彿只要有這張照片，就能讓我心懷這份希望——

然後，東頭說了：

「這張照片……感覺好像有人會死耶。」

「……噗哧！」

我稍微笑了出來。

「東頭同學！氣氛，看氣氛！」

「咦？可是你們看嘛，不是常有那種哏嗎？就是失去家人的男人看著全家福的照片那樣。」

「呵呵，會放在相片墜鍊裡的那種對吧。」

「對，就是那個！」

「我懂！可是不要這樣烏鴉嘴啦！」

後來我們一邊吃送來的餐點，一邊針對「相片墜鍊裡只有死人照片」的說法辯論了一番。

◆ 伊理戶結女 ◆

「今天真的很開心——！」

「嗯，我也是。」

「我如果找到什麼不錯的電影再聯絡妳。」

「好的！麻煩你了！那就再見了——！」

東頭同學開開心心地揮手，就消失在公寓大樓的入口之中。

我們在家庭餐廳聊得太久，太陽早就下山了。由於讓東頭同學一個人走夜路回家有點可憐，於是我們送她回家。

等完全看不見東頭同學的背影後，我們才轉身踏上回家的路。

我倆肩並肩，走在被街燈、房屋燈光與路上車燈照亮的夜晚人行道上。

「…………」

「…………」

「…………」

「…………」

「……現在又不往我身上靠了？」

「……！」

聽到水斗側眼看著我拋過來的一句話，我渾身抖動了一下。

「我……我改變心意了。」

「是喔。」

水斗興趣缺缺地說完，視線轉開不再看我。

……我如果一跟東頭同學道別就開始展開攻勢，豈不是好像把她屏除在外？我不喜歡那樣。

的確，我一開始是有打算利用東頭同學。但那是因為，我那時還把今天當成「跟伊理戶同學成功交往的紀念日」。

不過，現在已經不是了。

今天是我跟水斗還有東頭同學，三個人第一次一起出去玩的日子。

少年少女留影紀念

「……可不可以三個人一起拍……？」

所以，我不會再有多餘的舉動——只要當成今天看了好看的電影，就夠了。

「我跟你說。」

我看著前面叫他之後……

「幹嘛？」

水斗看著前面回答我。

「……你如果弄哭東頭同學，我會生氣喔？」

「只要妳別做出一些多餘舉動就沒事。」

「這我可能無法保證喔。」

「……喂。」

水斗半睜著眼看我，我晃動著肩膀小聲地笑。

以一個可能性來說……

我也許無法像以前的我，那樣地讓他為我著迷。

但是，這並不代表我們之間的牽絆會消失——我感覺東頭同學，教會了我這一點。

所以，現在的我應該能夠心無芥蒂地這樣想：

希望水斗與東頭同學，能夠永遠做好朋友，一輩子不分離——

「……嗯？是川波啊。」

水斗拿出手機，「喂？」放到耳朵旁邊。

幾乎於同一時間，我的手機也登楞一聲收到ＬＩＮＥ的通知。

是曉月同學傳來的。

我收到了以下訊息：

〈結女，出了什麼狀況了？〉

〈現在連學校同學之間，都在傳伊理戶同學跟東頭同學是一對耶。〉

世界上獨一無二的你

◆東頭伊佐奈◆

對大家來說，我一直是個「奇怪的女生」。

在幼稚園畫畫的時候，我畫的不是媽媽而是搬家公司的商標；在小學以將來的夢想為題目寫作文時，我用上整張稿紙寫下「我想了很久但目前沒有想要做什麼」；每次遇到這種時候，大家都說我是個「奇怪的女生」。

大家好像都會偷看其他小朋友的圖畫或是作文，自然而然就猜出別人的想法，然後配合其他人的作品來創作。

真的是這樣嗎？

幼稚園老師說：「大家可以畫自己喜歡的東西喔。」小學老師則是說：「要誠實寫出心裡的想法喔。」明明就沒有說：「要寫大家可能會寫的東西喔。」大家是真的早就心照不宣了嗎？

我不太明白。

我到現在，還是不太懂。

媽媽對一頭霧水的我說了：

——奇怪的女生？我還求之不得咧。

——伊佐奈，妳在這世上是獨一無二的。既然是這樣，那跟別人不一樣不是理所當然的嗎？

我問媽媽：那為什麼其他小朋友都不會被說奇怪？

——我告訴妳，那是因為大家都不敢做自己。

媽媽她不懂。

媽媽她天不怕地不怕，所以不懂我的心。

因為，其實我也會怕。

其實我也不敢做自己，也怕無所隱藏地表現自我，會讓赤裸的內心受傷。

我只是不懂得如何隱藏而已。

只是不懂得如何守規矩而已。

只是不知道該怎麼做而已。

——就只是這樣而已。

◆　伊理戶結女　◆

「好久不見——！」「好久——唔哇！你曬超黑的！」「作業寫完了嗎——？」「勉強啦——……寫到快死了——」

久違了的教室，看起來別有一番新鮮感受。

占據著教室各處的班上同學，每個人的面容一半像是大有改變，一半像是依舊如前，把教室變成了既熟悉又新奇的空間。雖然ＬＩＮＥ在暑假期間仍然運作如常，但有沒有碰到面給人的印象仍然不一樣。

「伊理戶同學，好久不見了——！」

「好久不見，伊理妹。」

「麻希同學、奈須華同學，好久不見——說是這樣說，但上星期不是才碰過面嗎？」

我一邊跟經常往來的朋友——短髮高個子的坂水麻希同學（籃球社社員）以及剪鮑伯頭、總是一臉睡眼惺忪的金井奈須華同學（競技歌牌社社員）——講話，一邊把書包放到座位上。今天只有開學典禮所以書包很輕。

麻希同學毫不客氣地在我前面的座位坐下，奈須華同學坐在旁邊座位的椅子邊緣。

這時，熟悉的馬尾闖進我的視野與我們會合。

「結女！好久不見了～～！我好寂寞喔——！」

「哇！小心！……曉月同學更是別說上星期，不是昨天才見過面嗎？」

「但我很久沒見到穿制服的結女了啊？」

「我換個衣服就變成別人了嗎……」

「又不是手遊的角色！」

麻希同學一大早就活力充沛地哈哈大笑。

總之我先把抱住我不放的曉月同學從身上拉開。很熱。雖然已經九月了，但氣溫仍然跟夏天沒兩樣。

「哎呀——暑假就這樣結束了呢——」

麻希同學一邊環顧教室，一邊依依不捨地說。

「總覺得沒有想像中來得有夏天的氣息呢——該說是青春成分不足嗎？雖說是有集訓跟社團活動的大賽啦——而且大家也都好像沒什麼變——」

「我幾乎都懶在家裡。只有偶爾會去體育社團當一下幫手。寫作業寫得累死了——」

「真的！根本沒空享受青春！啊——！」

曉月同學若無其事地隱瞞了跟川波同學去游泳池的事情。曉月同學這種能夠面不改色地說謊或是有祕密的地方，讓我覺得有點可怕。

「奈須吉呢？暑假有沒有發生什麼事？」

奈須華同學被問到，用讓人有點聯想到東頭同學的恍神表情說：

「我那邊也就是社團活動有大賽而已。」

「什麼嘛——原來跟我是同類——」

「還有就是交到了男朋友。」

「什麼嘛——男——咦？」

「「咦？」」

我們大吃一驚，一齊轉過去看奈須華同學恍神的表情。

「男朋……咦？什麼？妳剛剛說什麼？」

「我說社團活動有大賽。」

「沒在問妳這個，沒在問妳這個！」

「妳少跟我玩老哏！老娘是在問妳男朋友的事！」

麻希同學動搖到講話開始耍狠，奈須華同學卻只是愣愣地偏著頭。

「妳問我交到男朋友的事？」

「對對對！」

「妳是說真的嗎！」

「嗯。」

奈須華同學平靜自若地點頭。

「哇——……」我們呆愣地注視著她那張臉。

這怪不得我們，因為奈須華同學應該說是節能主義嗎？總之就是超怕麻煩，對異性也從來沒表示過半點興趣，就像是個女版折木奉太郎……沒想到不是別人，竟然會是她在暑假期間脫胎換骨……

「是誰！」

麻希同學第一個脫離茫然自失的狀態，挺出上半身湊向奈須華同學。

「是誰！妳在跟誰交往！我們班上的嗎！」

「是社團活動的學長。」

「他跟妳告白嗎！」

「不是，是我主動開口。」

「「「什麼！」」」

告白？表達愛意？用這副一整年都懶洋洋的臉？

奈須華同學毫不害臊地說：

「我跟他說『學長，我知道你對我有好感，要交往的話就快點開始吧』。」

「這……能算是告白嗎？」麻希同學說。

「跟我想像的好像不太一樣……」曉月同學說。

「可是或許很符合奈須華同學的個性……」這是我說的。

「不是啊，拖拖拉拉忸忸怩怩的豈不是浪費時間？」

嗚！

利刃般的言詞，刺進了我的胸口。我有我的苦衷嘛……

「是說，我還是第一次知道原來奈須吉也會談戀愛耶。」

「妳把我當成什麼了？」

「的確是給人一種會說『那太麻煩了』回絕的印象呢。」

「我懂——！」

「學長跟別人不一樣。」

突然冒出這麼一句正經的話，『哦！』我們頓時躁動起來。

「社團活動結束後，他會在回家的路上請我吃冰。」

「太好打發了吧。」

浮躁的心情沉回去了。

雖然我常常把東頭同學說成怪人，但奈須華同學也差不多……

不過，只要想到在我們不知情的狀況下，奈須華同學跟社團活動的學長每天一起回家，讓學長買冰給她吃，而那其實是學長笨拙的追求方式，她也在無言之中察覺到對方的好感——就覺得心裡有點小鹿亂撞。

然而當事人卻一副滿不在乎的樣子，把視線轉向完全無關的方向。

「要論懂得談戀愛的話，伊理戶同學應該比我更讓人意外吧？」

「啊！對啊對啊！伊理戶弟弟對吧！聽說了聽說了！」

我心臟多跳了一下。

暑假前換過座位，水斗的座位現在離我有段距離，位於靠走廊的差不多中間。現在川波同學在那裡像是看門狗一樣占好位置做牽制，不讓心癢難耐地想問水斗問題的班上同學們靠近。

「不是都傳開了嗎？就是伊理戶弟弟跟三班女生的事！伊理戶同學，那件事是真的嗎？」

「呃——……這……」

我別開目光。這該怎麼說才對呢？我用視線向曉月同學求助。

曉月同學說：

「實話實說就行了吧？」

講話的時候還露出一絲笑意。

「哦？什麼什麼？小月月也深知內情？」

「算是吧！我跟那個女生出去玩過幾次——是說關於東頭同學，我們四個人之前不是有聊過嗎？」

「東頭——啊～妳說那個女生啊。」

這讓我想起來，水斗剛認識東頭同學的那段時期，奈須華同學曾經看到過兩人待在一起。只是反應意外地平淡。

至於麻希同學則是興味盎然地說：

「伊理戶弟弟才是真正對戀愛不感興趣的代表人物吧。自從上學期的期中考之後，他的那種個性好像反而變成一種魅力，所以這次新聞的衝擊性可大了——」

「不是從學習集訓的時候就有風聲了嗎？我有聽說過伊理戶同學一直跟一個女生在一起怎樣怎樣的。」

「可是那時候還沒變成太大的話題吧？因為他原本跟伊理戶同學就有緋聞嘛？相較之下就還好嘍——」

我再次用最快動作別開目光。那個緋聞是我自作自受，毫無辯解的餘地。

「可是，一旦被人目擊到他們在約會，情況就不一樣啦。約會對象的女生——是叫東頭同學嗎？聽說整個氣質也跟在學校的時候完全不一樣，好像超可愛的。」

「啊哈哈。」

曉月同學裝傻假笑。那種跟在學校的時候完全不同的氣質，正是我跟她兩個人弄出來的。

「所以呢？到底是怎樣？他們在交往嗎？」

「啊——這個嘛……」

曉月同學說得對，亂找話糊弄過去可能會讓謠言越傳越奇怪。

「我想他們……應該，沒有在交往。」

「咦——？所以只是謠言了？」

「所謂的傳聞大多都是謠言吧。」

「那麼，另外一件事也是謠言了？說那個女生的胸部大到可以讓寫真偶像自慚形穢？」

「「那是真的。」」

我與曉月同學的聲音重疊了。

「天啊——真的假的啊。真想親眼見識一下——」

「可以介紹大家認識啊。她跟奈須華應該會很合拍，對吧結女？」

「的確。兩個人氣質很相近。」
「喂，那我呢？」
「那就請太妹同學稍微迴避一下……」
「妳說誰是太妹啊！」
大家笑成一團，但我卻暗自憂心忡忡。
不是擔心東頭同學的戀愛攻略過程進展順利——是預料到身邊環境的劇烈變化，將會侵蝕她的生活。

◆　東頭伊佐奈　◆

我一打開教室的門的瞬間，立刻吃了一驚。
因為直到暑假之前，我的校園生活就是當空氣。我就算進了教室也沒有人會看我一眼，更別說打招呼了。這就是常態。
然而——現在是怎麼回事？竟然有這麼多雙眼睛盯著我看。
關於我跟水斗同學的謠言，我已經聽結女同學她們說了。
雖然從學習集訓的時候就有感覺到了，不過水斗同學真的好受歡迎喔。嚇了我一跳。雖然是我先看上他的就是了。

我一面縮起身體試圖躲過眾人視線，一面坐到自己的座位上。呼——總覺得靜不下心來。因為我不習慣被別人盯著看。聽說結女同學從入學以來就是萬人迷，所以她一直都是活在這種視線之中了？真讓我肅然起敬。

「——請問一下，東頭同學……」

我正在猶豫開始上課之前是要睡覺還是看書時，有個聲音怯怯地向人攀談。怪了，這是在跟誰說話呢——咦？她剛才是不是說了東頭？

「啊！……妳、妳找我嗎？」

「嗯，對。我找妳我找妳。」

兩位女同學，就站在我的座位前面。兩位都是班上的同學……名字叫做……呃——……對不起！可是水斗同學大概也不記得同班同學的名字，所以我算安全過關！

兩位同學可能想都沒想過竟然有人到了下學期還不記得班上同學的名字，沒做自我介紹就繼續說下去：

「是這樣的，我們聽到了傳聞……」「聽說妳跟七班的伊理戶同學約過會，是真的嗎……？」

「約會……」

結女同學她們只跟我說，有人看到我跟水斗同學在一起。難道是目擊到的場面，看起來就像是在約會？這樣的話……我得先弄清楚事情的實際情況才行。

「請問……妳說的，是27號那天的事嗎？」

「啊！對對！」「果然是真的！」

咦，不是，那個，我只是確認日期，還沒有回答耶……

我想更正說法，但晚了一步。

可能是一直在偷聽吧，簡直好像抓準了時機似的，教室裡的所有女生全都聚集了過來。

「從什麼時候開始交往的！」「你們集訓的時候也常常在一起對吧！」「為什麼都瞞著沒說啊！」「伊理戶同學實際上是怎麼樣的人！」「怎麼這麼見外啦！」

啊哇哇，啊哇哇，啊哇哇哇哇哇。

面對排山倒海的一連串問題，我不由得像耀西一樣哀叫。這樣一股腦地講個不停我根本聽不清楚，而且不知為何忽然有人開始跟我裝熟，我想回答也沒機會回答，而且不知為何忽然有人開始跟我裝熟。

最重要的是，大家完全把我們當成一對了。

就連我也不禁慢慢地開始焦躁起來。因為我根本沒在跟他交往，根本就被甩了。雖說是大家誤會了，但繼續這樣下去會好像是我在欺騙大家，那多不好意思啊。快點……我得趁現在快點否認才行……！

「那、那個……！」

「欸！你們暑假多久見一次面啊！」

「咦？差不多每天……」

「每天！」「根本熱戀中嘛！」

「啊，沒有，不過，水斗同學回鄉下的時候——」

「妳都叫他水斗同學啊——！」「欸欸，你們都在那裡約會？每天出去玩不會玩到沒地方去嗎？」

「咦，不會，我都是去水斗同學家……」

「他家！每天！」「那不就等於半同居了嗎！」

「呀——！」女同學們發出興奮的尖叫。

怎、怎麼辦……我反射性地一一回答問題，結果錯失了否認謠言的機會。

不過……其實，我心裡有點高興。

半同居，半同居……原來看起來像是這樣啊……

「告白呢！是誰開口的！」

「咦？啊，呃，算是我主動……」

雖然被甩了就是。

「妳怎麼說的——？妳跟他說什麼——？」

「沒有啦——哎，這個就有點……」

「她害羞了——！好可愛喔——♪」

「嘿嘿，嘿嘿嘿。」

不知道有多久沒跟班上同學講這麼多話了。

說不定是人生當中第一次。

好吧，雖然其實我們沒有在交往，但我並沒有說謊……就讓我再裝一陣子的女朋友也不會遭到報應——對吧？

開學典禮結束，到了放學後，我按照暑假之前的習慣前往圖書室。

也許是我多心了，但總覺得光是走在走廊上就常常有人偷看我。優越感與侷促感互相交雜，使我感覺一顆心搖搖晃晃的。

哇，不過話說回來，真的嚇了我一跳呢。我明明說的都是真話，卻完全沒有露餡。結女同學以前說過，我跟水斗同學平常做的事情就像是一對情侶，但我沒想到真的跟她說的一樣。

話雖如此，如果在圖書室也引發那種騷動，會給別人造成困擾的。我得小心不要被發現才行。

心情就像是變成了小有名氣的人物，我一面東張西望躲避他人的目光，一面走進圖書室。

我往平常的固定位置——窗邊的牆角走……等等喔？

現在才想到或許太晚了，但水斗同學會來嗎？

上學期的確都是在那裡碰面，可是中間隔了暑假，水斗同學不一定還會過來吧……

我抱持著一抹不安……探頭偷看書架的後面。

看到——水斗同學就在那裡，輕輕靠坐在窗邊空調機的邊緣。

「……欸嘿嘿。」

這在上學期分明是常態，我卻感到莫名地開心。

看來下學期，水斗同學依然會每天來這裡陪我。

這是否表示……他仍然遵守著那份約定？

「……嗯？嗨。」

水斗同學注意到我，從正在看的書中抬起頭來。

我走向他身邊，說：

「很久沒來這裡，我還在想你會不會沒來呢。」

「習慣沒那麼容易改變的。」

「你今天看的是什麼書——？」

我一如往常地一邊跟他說話，一邊把書包放下，脫掉鞋襪坐到窗邊空調上。

這讓我有種安心感。

在清閒的圖書室不會被人看見的角落露出雙腳，身邊有水斗同學在……這樣的環境，就像我自己的房間一樣，能讓我放鬆心情。

嗯——……雖然被班上同學吹捧也滿開心的，但還是這種環境比較適合我的個性。假如能讓我任選一種東西帶去無人島，我一定會帶水斗同學去。

「——妳、妳看那邊……」「原來是真的啊……」

這時……

女生講悄悄話的聲音，微微撞進了我的耳朵。

一看，幾個坐在閱覽區的女同學頻頻偷瞄我們，交頭接耳的不知道在說些什麼。哦，連這種地方都有水斗同學的粉絲？

水斗同學一往那邊看過去，幾個女生立刻調離目光。

看到這種情形，水斗同學略微皺起了眉頭。

「……你會介意嗎？」

我想水斗同學，應該不喜歡受人注目。

仔細想想也是理所當然。目前的狀況，恐怕不會讓水斗同學太開心。

但是水斗同學沒有回答我的問題，而是說：

「妳才是，還好嗎？」

「嗯，還好，只是有點被大家捧在手心裡，有點沾沾自喜而已。」

「不要這樣啦，笨蛋。」

「啊嗚。」

他輕戳了我的頭一下。

就跟平常一樣，只是我們之間不用客氣的吐槽方式。

但是，一做出這個動作的瞬間，剛才那幾個女生，立刻發出了小小的尖叫聲。

「啊……」

水斗同學急忙把手收回去。

然後，他像是在掩飾什麼般用指尖玩弄頭髮，輕嘆了一口氣。

「……妳實際上，是怎麼跟人家說的？」

「咦？」

「怎麼跟班上同學說的？她們會問吧？」

「呃——……」

剛才我說「有點沾沾自喜」是真心話，但當然不能說出口。

「我想……我說的，應該都是真話……」

「總覺得聽起來怪怪的……不過既然妳都這麼說了，應該沒事吧。反正我目前是堅持不做回應。」

「會有什麼問題嗎？」

「那當然啦，假如妳配合其他人說我們在交往，我卻說沒有，妳覺得會變成怎樣？」

「會怎麼樣？」

「妳就會變成單方面堅持我們在交往的神經病。」

「……喔哇！真的耶！」

「原來妳都沒想過喔……」

我都沒想到。

好險好險。幸好我沒有得意忘形地跟大家吹牛，否則就慘了。

「所以得先那個一下了。得先套好招才行呢。」

「是啊。哎，我看就算急著否認也只會收到反效果，繼續含糊帶過大概是最安全的作法吧……」

「我知道了……！我會卯足全力含糊帶過的！」

「真讓人不放心……唉，麻煩死了。」

水斗同學不耐煩地嘆了口氣。

「盡是一些吃飽飯沒事幹的傢伙……」

……的確，班上同學找我說話讓我有點開心。

我比水斗同學庸俗多了，成為矚目焦點還滿過癮的。

可是……我絕對不希望因為這樣而對水斗同學造成困擾。

◆　川波小暮　◆

「所以咧？妳那邊狀況怎麼樣？」

我一邊把外送披薩當成晚餐放進張開的嘴巴裡，一邊問坐我對面的曉月。

曉月也把起司拉成長長一條絲，同時用另一隻手滑手機。

「好像已經在一年級女生之間傳開了喔——不過看起來沒有惡意，我是覺得擺著不管不會怎樣。」

「真的嗎～？都沒有人說什麼『那傢伙是不是得意忘形了？』之類的？」

「幾乎沒有喔。就算有，感覺也只是有些人刻意喜歡批評大家都在稱讚的東西。或許應該慶幸伊理戶同學還沒真正變成萬人迷吧。好像是覺得兩個怪人湊一對可以接受。」

「哈！但我可是完全不能接受。」

「男生那邊呢？」

「比起女生，沒造成什麼太大的話題。只是這樣可能會有笨蛋想泡之前拿繼弟當藉口躲男生的伊理戶同學。」

「你一定要把那種的解決乾淨喔。」

「不用妳說，我已經在做了。」

我也一邊滑動著手機畫面一邊說：

「……這也就是說，不用滅火真的沒關係了？」

「為什麼強調『真的』？」

「因為我跟伊理戶那傢伙說過，如果嫌煩，我可以幫忙搞定，結果他叫我別雞婆。」

「雞婆啊……也許伊理戶同學是不在乎別人對他的想法吧。」

「不……應該說……」

我想起了那時候的狀況。當時我提議滅火時，伊理戶這樣對我說了：

——你是瞧不起東頭嗎？

「妳覺得他是什麼意思？」

「嗯嗯——……」

曉月皺起眉頭，苦惱地左思右想了一下。

「……東頭同學她啊，在我或結女面前完全就是個小女生呢。被伊理戶同學稱讚會讓她害羞老半天，相反地也會因為被罵而難過沮喪……讓我覺得就好像在照顧一個小妹妹的說。」

「嗄？那又怎樣？」

「我在想，不曉得伊理戶同學，知不知道她的那一面……」

這個瘋婆娘罕見地用有些擔心的語氣說了：

「不曉得他知不知道，其實東頭同學也只是個普通女生而已……」

◆ 東頭伊佐奈 ◆

「——欸，東頭同學！要不要一起吃午餐？」

到了第二天，東頭伊佐奈特報期間仍在持續進行中。

竟然找我一起吃午餐，這在我的記憶中是人生第一次。因為我午休時間很少有機會跟水斗同學、結女同學或南同學碰面。

「咦，啊……不、不嫌棄的話……」

「當然嘍！走吧！啊，妳有帶便當嗎？還是要去福利社？」

「不、不用，我有帶便當……！」

媽媽……謝謝妳今天有幫我做便當。她平常大多是打著大呵欠給我零錢，所以這次我得感謝睡魔之神才行。

雖然事情這麼順利會讓我漸漸覺得好像在欺騙大家，但找我一起吃飯的同學都對我很好。只是我還是記不得她們的名字……

「妳跟伊理戶同學是雙方家庭都有來往對吧？那妳也認識伊理戶同學——啊，我是說……妳跟他的繼姊也認識嗎？」

「啊，認識……結女同學偶爾也會約我去玩……」

「咦——！是這樣喔！」「好好喔——！」

吃飯時聊的，果然還是關於水斗同學的話題。她們打破砂鍋問到底，讓我都不禁佩服她們怎麼會有這麼多問題可以問。我甚至懷疑過她們會不會是想追水斗同學，結果好像只是單純好奇而已。

我也會盡可能回答問題，不過不會提到水斗同學或結女同學的隱私。而且有位同學很明白這一點，看到我支吾其詞不願意回答，她就會說：「那種事情怎麼可能跟別人說嘛。」委婉地阻止其他朋友。碰到這種情況，我就會覺得她們真的都是好人。

可是——

「哇——不過真的好浪漫喔——伊理戶同學長得一副斯文的樣子，真想不到……」「對呀對呀。看起來完全不會打架的說！」

「什麼？」

「東頭同學被不良少年糾纏時，不是他救了妳嗎？」「天啊！簡直就像少女漫畫！好羨慕喔——！」

「……什麼？」

我怎麼不記得……我有說過那種話？

「聽說他牽著東頭同學的手逃走呢！」「奇怪？不是把所有不良少年痛打一頓嗎？」「不對不對，是把人家講到投降了啦！」「我怎麼聽說是用公主抱的方式逃走啊？」

加……加油添醋！謠言被加油添醋了一大堆！

水、水斗同學在不知不覺間被傳成超人了……！他給別人這種印象嗎！大家希望水斗同學變成白馬王子嗎！雖然我能體會！

「那、那個，不是這樣——」

「伊理戶同學還會做菜對吧，東頭同學！」

大家一齊盯著我看。

啊……

她們都在期待，期待我說出一些水斗同學的帥氣小插曲。不用等她們開口問，看眼神就知道了。

可是，水斗同學並沒有大家想像的那麼完美。我中午去找他玩，他有時候才剛睡醒迷迷糊糊的，睡亂的頭髮曾經三天都沒梳好，而且幾乎做不動伏地挺身，要是跟別人打架，揍人的手會先受傷。

所以，我得澄清誤會才行……我得澄清——

「——他好像，還……滿會……做菜的喔？」

「果然是這樣！」「又會做家事又聰明又能打架，太強了吧！」「而且長得又可愛！」

「就是那張臉！」「真的長得帥！」

「我懂，他長得很可愛對吧！」

我沒有說謊！他會做菜跟長得可愛都是真的！並不是我沒有勇氣破壞氣氛！

我真的……並不是有意要欺騙大家。

不知道是不是我的心理作用，放學後的圖書室，人好像比昨天更多了。我並沒有每天數人數，所以或許真的只是心理作用，但我跟水斗同學在窗邊的老位置看書時，就是會聽到竊竊私語的說話聲。

或許不是在講我們。

也或許並沒有惡意。

可是，對於感受過暑假前那份寧靜的我們而言，這成了明確的噪音。真希望圖書管理員或圖書室人員可以去警告他們不准聊天——啊，不對，那樣的話，我跟水斗同學就要第一個挨罵了。

水斗同學似乎也會在意別人的眼光，比起放暑假前或是在家裡的時候，感覺好像比較收斂一點，沒有常常碰我。他以前都會理所當然地摸我的頭髮或耳朵當消遣，今天卻碰都不碰。得不到偷偷期待的觸摸，讓我感到欲求不滿。

最重要的是，我感覺水斗同學眉頭皺得比平時更緊，表情也很僵硬……比起高興得沖昏頭的我，目前的狀況也許對他造成了更大的壓力……

「那個……要不要換地點？」

我客氣地如此提議之後，水斗同學微笑了。

「不用擔心。妳別放在心上。」

水斗同學總是說不用擔心。

可是，真的是這樣嗎？我這麼不可靠，他會不會只是遇到麻煩也沒辦法找我商量？

就連我告白的時候——水斗同學，也沒有告訴我他有過女朋友。

我這個人又笨又頭腦簡單，即使不能成為情侶仍然可以做朋友讓我太高興，這麼久以來，我都沒有多想——可是他那樣做，絕對是因為怕我傷心，不是嗎？難道不是在顧慮我的心情，想盡量減少我受到的打擊嗎？

告白失敗之後，我立刻就說想像平常那樣一起玩；就連這種欠缺常識的任性要求，他都毫無怨言地答應我……

真的不用擔心嗎？

我——做得夠好嗎？

「妳只要像平常那樣就好，不用擔心。」

不用擔心，不用擔心，不用擔心。

對啊。

只要這麼做，我就可以——

「……你又沒看過，我在教室裡是什麼樣子……」

「咦？」

奇怪？

……我剛才，說了什麼？

「東頭……？」

「怎麼了嗎，水斗同學？」

看到水斗同學關心的神情，我用**平常的態度**反問他。

好險好險。

我差點就——又不會看氣氛了。

並沒有發生過什麼特別的事件。

有的只是日常的生活點滴，以及好幾次的重蹈覆轍罷了。

我就只是個「奇怪的女生」，而且改不過來罷了。

例如念小學的時候。有一次班上的兩個男生打架了。原因忘記了，大概是其中一人罵了對方，對方就動手了；大概就是那種感覺。

兩個人扭打成一團，被老師拉開，然後兩邊都哭了起來。聽完整件事情後，老師對他們倆說了：

——你們都有錯，所以你們都要說對不起，然後和好好嗎？

我到現在回想起來，都會心想：「為什麼啊？」

就算兩邊都要道歉，那也應該是先攻擊對方的人先道歉才對。更何況他們倆平常根本就不是好朋友。本來就處不來的兩個人，怎麼會有辦法和好呢——

老師真的有在聽他們說話嗎？

不如說，老師真的記得他們兩個是誰嗎？

我直接這樣說了。

跟那場打架沒有半點關係的我，直接對老師說出了心裡的疑問。

我唯一清楚記得的，就是當時教室裡的氣氛。老師神情尷尬地陷入沉默，班上同學都一副「妳幹嘛多嘴？」的表情注視著我。而打架的兩個男生，則是好像被羞辱了一樣抿起嘴唇漲紅了臉瞪我。

我還記得老師在那個學期的聯絡簿上，寫了「略嫌缺乏合群性」。我用手機搜尋了合群性的意思，受到了好大的打擊。簡單來說，就是我無法跟大家好好相處。可是老師總是對著全班三十六個同學說：「大家要好好相處喔。」

我哭著跟媽媽這樣說之後，媽媽大聲笑了起來。

——跟大家好好相處？跟全班三十六個同學？少來了，哈哈哈哈！辦得到才有鬼啦，白痴啊！唔哇哈哈哈哈！

——喂，伊佐奈妳看！我的帳號足足有一百一十二個朋友，但這些傢伙每次只要我犯錯，就會毫不客氣地把我罵死！然而打電動的時候還是夥伴！嘴上罵著Shit啊Fuck的，有道具的時候還是會分享，被敵人襲擊時也會救援——不用好好相處無所謂啦！想說什麼就說出來，大不了吵架嘛！只有連小鬼的真心話都沒辦法接納的沒用大人才會覺得傷腦筋啦！哈哈哈哈哈哈！

我很崇拜媽媽。我總是希望能夠像媽媽一樣活得自由自在、抬頭挺胸。所以比起聯絡簿，我選擇相信媽媽說的話。想說什麼就說什麼，大不了就吵架。我決定照媽媽的說法去做。

結果，我在小學一個朋友都沒交到。

孤零零地上了國中。然後——

——欸，東頭同學。妳也看一下氣氛嘛。

——大家都已經懶得理妳了喔？因為妳老是多嘴。

——妳很煩耶！大家就是大家啊！我就是在跟妳說，妳的這種個性讓人受不了！

氣氛要怎麼看？

大家又是誰？

我有說錯什麼嗎？

——東頭，我明白妳也有妳的主見。但妳得稍微學習如何讓步，否則出了社會無法適應喔。

——妳以為妳這種態度出了社會行得通嗎！用常識想想好嗎！

社會是哪裡？

常識是什麼？

為什麼……大家要生氣？

我不懂。我不懂。我不懂。

都沒有人教我啊。為什麼感覺好像本來就應該知道？不是說大家各不相同，大家都很棒嗎？小學的時候有唱過這首歌不是嗎？那為什麼我說出不同的意見就會被罵呢？為什麼要我跟大家一樣呢？

我辦不到啊。

我沒辦法像大家那樣，積極地找別人說話。我不敢去借課本。弄掉了橡皮擦也不敢講。

上體育課時不敢跟別人一組。寫不出社會科校外觀摩的感想作文。考唱歌的時候發不出聲音。營養午餐也沒辦法全部吃完。

大家理所當然做得到的事，我做不到。

這要怪我嗎？是我不好嗎？是可以努力糾正的問題嗎？只要努力就可以變得跟大家一樣嗎？那為什麼不是大家努力來變得跟我一樣呢？為什麼自己不做，卻要我來做呢？

大家都只對我一個人說：妳很奇怪。

但從我的角度來看，大家才叫做奇怪。

我很崇拜媽媽。但我沒辦法變得像媽媽一樣。我沒辦法在被人討厭時笑著帶過，也沒有受人尊敬到可以任性妄為還交得到朋友。

假如有辦法，我也想變得跟大家一樣。不用別人來教就懂得看氣氛，自動學會什麼叫做常識，得到大人的稱讚，變成能夠正常融入社會的族群。可是，我沒辦法成為那種人。因為那樣做，我可能就不再是我了。

有哪一個世界，可以讓人像輕小說的主角那樣做自己？

我是不是該前往異世界？即使我在這個世界糟糕透頂，轉生到異世界是否就能活得比較輕鬆？

我也知道這是無聊的妄想。

連我自己都想嘆氣，覺得這只是逃避現實的膚淺想法。

可是，那對於念國中的我來說，卻是唯一的選擇。

所以——我才會決定去念同一所國中的所有同學，都不會去的明星學校。

因為大家不是都說，京大出一堆怪人嗎？

所以我忍不住心想，如果我去一個有很多聰明學生的地方，說不定會有很多像我一樣的人——說不定我就可以變成「大家」了。

只是結果……並沒有太大不同。

大家終究還是大家，我終究還是我。

——這個系列，妳也喜歡看？

但是，我遇見了水斗同學。

只有水斗同學，沒有罵我。

也沒有叫我看氣氛，或是要我用常識去思考。

當我做了一些奇怪的事情時，他會告訴我哪裡奇怪。

他講的話，比我更奇怪。

而且他說……他願意跟我在一起。

所以——對，所以……

我不幸地發現了。

發現我不能為了渺小的我，害水斗同學覺得困擾。

「東頭同學，聽說昨天妳跟伊理戶同學約在圖書室碰面？」

「真的好甜蜜喔——！」

到了第二天午休，同樣那幾位女生又來找我聊天了。

我很高興她們願意跟我說話。是真的很高興。

可是……我有我的優先順序。

「好，我們去吃午飯吧。跟我們說說——」

「那、那個！」

我鼓起勇氣發出比較大的聲音後，大家頓時安靜下來看著我。

我……忍不住低下頭去，但還是……說出了該說的話。

「我、我……沒有在跟……水斗同學，交往。」

我說了。

我說給她們聽了。

生。

這就是真相。我不是水斗同學的女朋友。豈止不是，還是告白之後被一口回絕的敗犬女

所以，請妳們……放過水斗同學，放過我們吧。

她們陷入了短暫的沉默。

那種沉默，像是猜不透我的想法。

然後，平常比較會顧慮我的隱情的那位同學說：

「最好是啦。不用害羞沒關係呀——？」

她這麼說，把手輕輕放到我的肩膀上。

我想她並沒有惡意。

真要說的話，我想應該怪我不懂得如何表達。

可是，我也沒有辦法啊。

我就只會這麼一種作法。

「——我是說真的！」

我的嗓門，比我自己想像的更大聲。

教室頓時變得鴉雀無聲，我感覺到許多懷疑的目光刺在我身上。

我……我並不是有意要吼她們。

我……可是……不……我不是這個意思……

對不起。

對不起。對不起。對不起。對不起。對不起。對不起。對不起。對不起。對不起。對不起。對不起。對不起。對不起。

「……對、對不起……」

我囁嚅著小聲說出，盤旋於胸中的一小部分心情。

不曉得她們有沒有聽見？我不知道。我完全不知道該發出多大的聲量，才能剛好讓人清楚聽見。

「啊，沒有啦……」

那隻手尷尬地離開我的肩膀。

「……呃……對不起喔？」

說完——幾位女同學從我身邊離開，開始竊竊私語。

大概……又是在說我不懂得看氣氛了吧。

「……呼。」

我嘆了一口氣。

感覺像是放下了肩上的重擔。

之後，我就拒絕接收周遭的一切訊息，離開了教室。

今天，媽媽沒有幫我做便當。

◆ 伊理戶水斗 ◆

「……她還沒來嗎？」

我一如往常地來到圖書室，但還沒看到東頭的人影。

我把隨身物品放在窗邊空調上，拿出看到一半的文庫本。不知道是上課時間延長了，還是在打掃教室？管他的，大概等一下就會來了吧。

然後——我把書看完了。

嗯？

我偏了偏頭。現在幾點了？我把看完的書放回書包裡，拿出了手機。

……下午五點？

從我來到圖書室，已經過了至少一小時——無論是上課還是打掃，早都該結束了。

東頭遲遲不來。

我檢查了一下ＬＩＮＥ，但她沒聯絡我。那傢伙是怎麼了？感冒請假嗎？

靜悄悄的圖書室，響起圖書管理員在櫃台裡翻書的啪啪聲。

……靜悄悄？

我現在才注意到。

昨天那些湊熱鬧偷看我們的人，都不見了。

總算看膩了嗎？這麼快？如果是這樣是很值得高興，但是——

無意間，昨天東頭小聲呢喃的話語，重回我的腦海。

——你又沒看過，我在教室裡是什麼樣子……

我從來沒看過……那樣的東頭。

那不是……我所認識的東頭。

這時，登楞一聲，握在手裡老半天的手機發出了通知音效。

開啟著沒動的聊天畫面，有了反應。

〈**對不起，我今天不會過去。**〉

是東頭傳來的，遲來的訊息。

我立刻打字回覆：

〈**怎麼了？感冒了嗎？**〉

訊息顯示已讀。

隔了一段空檔後……

〈有點事。對不起。〉

我覺得不太對勁。

這麼短的回覆，怎麼會打這麼久？

語氣為什麼這麼冷淡？換做平常應該會回「那你要來照顧我嗎？」之類的話才對。

而且——最重要的是……

她為什麼要一直道歉？

〈在班上發生了什麼事嗎？〉

又隔了一段空檔。

〈沒有。〉

〈只是覺得這陣子先不要見面比較好。〉

看到接連傳來的兩則訊息，我皺起眉頭。

〈有人跟妳說了什麼嗎？〉

〈這不像妳的作風。不用去管其他人怎麼說沒關係。〉

我心急地送出這個訊息後，這次立刻就收到了回覆：

〈這就是我。〉

〈真的很抱歉。〉

後來我又傳了訊息，但再也沒收到回覆。

我躺在客廳的沙發上，仰望天花板。

我沒心情看書。

「真的很抱歉」那幾個冰冷的文字，烙印在我的眼裡揮之不去。即使翻開書本，那五個字也會出現在書頁上，使我無法專心閱讀。

所以，我只是看著天花板。

只看著浮現在天花板上的，東頭傳來的「真的很抱歉」……

「……欸，你還好嗎？」

這時，結女的臉出現在我眼前，擋住了那幾個字。

結女隔著椅背，撩起長髮探頭過來看我的臉。

「現在連你幫她穿襪子的事情都傳開了喔？稍微避人耳目一下啦。在圖書室的那種角落，誰想看都可以看得到——」

「——憑什麼啊？」

「嗚哇！」

我猛地坐了起來，結女叫了一聲把臉閃開。

我火氣都來了。

所有的一切都讓我火冒三丈。整個世界都讓我厭煩透頂。

「我與東頭早在很久以前，就一直是在那裡聊天了——憑什麼我們得躲著別人？憑什麼我們得避人耳目？妳說啊！」

「你、你幹嘛啊……是怎麼了？」

發現結女略顯困惑地看著我……我這才發現自己太激動了。

我勉強吐出一大口氣，緩緩搖頭。雖然腦袋稍微冷靜下來了……但胸中沸騰的怒火，仍然沒有消失。

「……抱歉。」

「沒關係，只是……」

結女定睛注視著我的臉。

接著她忽然說：

「你過去一點。」

「嗄？」

「少問那麼多！叫你讓一讓！」

我照她說的移動到沙發一側，接著結女在空出的位子一屁股重重坐下。

然後她把手放在膝蓋上，直勾勾地盯著我。

「說吧。」

「……嗄啊？」

「一五一十全部說出來！你跟東頭同學之間出了什麼事！」

「這跟妳沒有關──」

「好，我就知道你會這樣說──！我早就想好如何反駁了！家人跟朋友之間的事情，怎麼可能跟我無關啊！」

我陷入沉默。

我竟然還真的……被她駁倒了。

結女垂下眉毛，像個安撫哭泣小孩的母親般，聲調柔和地說：

「……怎麼了？有人講話氣你們嗎？」

「沒有……」

「假如有人得寸進尺找你們麻煩──曉月同學說會用上一切手段狠狠教訓對方喔。」

「她想幹嘛啊……」

啊啊，該死，真是夠了。

總不能讓一些人因為誤會一場，就被狠狠教訓一頓吧。

「……至少我沒被怎樣。有川波當我的保鑣。」

「這我知道。所以是東頭同學了？」

「……我也不確定。」

我用手指按住太陽穴，蹙起眉頭。

「我聽川波說，東頭也沒遇到什麼類似霸凌的事情。他說只是有一些女生找東頭聊天，她本人大致上也是這麼說的。可是……」

我告訴結女東頭沒有來我們平常碰面的地方，也把ＬＩＮＥ的對話拿給她看。既然事已至此，我也沒在怕丟臉了。

「我想她應該是顧慮到我的心情。可是，東頭連告白的失敗都能跨越了，怎麼可能現在才來在乎別人的眼光——」

「——唉～～～……」

結女的嘴巴裡，冒出長長的一聲嘆息。

我偏頭不解。

「幹嘛啊？」

「……接下來，我要說出我這輩子第一次說的一個名詞。雖然我覺得講這種話很不文雅，但我找不到其他詞來形容你了。」

「嗄？」

她定住不動。

結女直指著我——抬高下巴，高高在上地說了：

「你這個————處男！」

我定住不動。

像石頭一樣僵住了。

「連告白的失敗都能跨越？怎麼可能現在才來在乎別人的眼光？你真的是什麼都不懂耶！處男就是這樣！都在對女生抱持不切實際的幻想！」

「不是……嗄？我哪有抱持幻想——」

「明明就有！你明明就把自己的理想硬是套用在東頭同學身上！反正你這個假文青一定都偷偷把東頭同學叫成蛇蠍美人吧，有夠噁！」

「誰那樣叫她啦！」

這女的該不會以為所有愛書人，都會把身邊親近的女性叫做蛇蠍美人吧？哪門子的偏見啊！

「當然會在乎別人的眼光好不好！」

結女也沒在管體不體面了，口沫橫飛地說道：

「當然會在乎別人看自己的方式——換成心儀的對象，就更不用說了啊。」

「…………………」

「你一定覺得很煩對吧？受不了你跟東頭同學獨處的地點暴露在好奇的目光之下。你能保證完全沒把這種厭煩表現出來嗎？看到你那種反應，你知道東頭同學會作何感想嗎？你真的能保證那個內向、膽小、好像很不會看氣氛但偶爾又很能察言觀色的女生，一點都不會害怕嗎？」

東頭……偶爾會神色不安地，偷看我的臉色。

我每次都會跟她說，不用擔心——我會遵守約定，繼續做以前的我。

——嗯……但我覺得我也不是很冷靜的類型耶。

——……你不想來？

——你今天心情，是不是不太好？

我講的那些話，真的足夠讓她安心嗎？

事實上，究竟是什麼事情讓她感到不安？

我——真的了解東頭伊佐奈嗎？

「她其實就只是個普通的女生。是因為她太喜歡你了，你又認為東頭伊佐奈是個不會受到旁人左右的怪人，所以她只好配合你的想法。否則絕對不可能那麼容易就做回朋友，她一定是在隱藏失戀的傷痛——」

「——謝謝妳。夠了。」

我打斷結女的話。

對於自己的愚昧無知，我已經充分反省過了。

但是——我可沒有那麼小看東頭伊佐奈，會因為這樣就自以為了解她。

只是在配合我的想法？

隱藏失戀的傷痛，繼續做朋友？

真的嗎？

「我明白妳的意見了。真的很有參考價值……但我不能輕易照單全收。」

「……為什麼？」

「因為妳可以說，我是個難搞的東頭宅。」

面對一臉狐疑的結女，我告訴她：

「原作設定才是正義。」

「喂？」

『……水斗同學？』

「妳總算接電話了。」

『對不起。我之前在打電動……』

「打四個小時？」

『都是這樣的啊。』

「也是，連續打四小時電話的我可能比較奇怪。」

『……就是啊，真的。』

「時間也很晚了，可能還是別聊太久比較好。」

『沒關係呀。』

「不了，我今天就直話直說吧。東頭，我是不是對妳有所誤會？」

『……什麼意思？』

「我原本以為妳是個堅強的人。以為妳是那種就算受傷也能立刻跨越傷痛，心靈堅毅的人。」

『才沒有呢，天底下沒有人比我更弱小了。』

「結女就是這麼說的。他說妳其實只是個普通女生，是因為我錯把妳當成怪人，妳只好配合我的想法。」

『……嗯——或許有一點吧。我不太確定就是了。』

「說來也真怪。」

『什麼事情真怪？』

「妳之前不是說過嗎？記得是……就是我說結女那傢伙態度怪怪的，請妳提供意見的時候。」

『啊——就是我都還沒跟結女同學她們講過話的時候對吧？我記得。』

「沒錯。那時候妳說過——妳的心中有個標準，當這個標準受到威脅時，妳就會進入備戰態勢。所以別人常常說妳不識相。」

『……我有說過嗎？你記得真清楚。』

「我是自從聽到了那番話，才會覺得妳心靈堅毅。覺得妳很有自己的主見，不會被周遭旁人所左右。但這樣不是矛盾了嗎？像妳這樣的人，怎麼會配合我改變自己的作風？」

『我只是想到什麼就說什麼啦。說不定是學輕小說的。』

「或許吧。可是，我後來又說了。『妳跟我相處時不用擔心識不識相。我來代替妳當識相的一方就好』。」

『…………………』

「妳還記得嗎？」

『……記得。』

「妳忘了我說過的話嗎？還是當作沒聽見？」

『不曉得耶。我現在雖然立刻就想起來了，但也許有些時候是真的忘了。』

「告白的時候也是嗎？」

『咦？』

「告白之後，妳不識相地說想像平常那樣一起回家，也是因為忘記我說過的話嗎？」

『…………………』

「到底是怎樣？」

『…………我還記得。』

「…………………」

『要是不記得……我哪敢那樣說啊。』

「……老實說，我倒是忘了。」

『那就表示水斗同學真的是你自己說的那種人。那時候，水斗同學代替我當了識相的一方。你怕傷了我的心。』

「是啊。」

『那時，你真的有安慰到我——也真的，讓我覺得自己好可悲。』

「……什麼意思……？」

『呵呵，我自己都被自己說的話嚇一跳。原來如此。原來那時候，我覺得自己很可悲啊……』

「為什麼？那時候的妳很值得敬佩。我……從來沒有像那個時候，那麼尊敬過一個人。」

『你把我看得太偉大了啦。水斗同學你才值得敬佩。你很有魅力，又堅強，又瀟脫。我——好想變得像水斗同學一樣。』

「…………………」

『我好想變得不需要朋友，一個人就能堅強地活下去。因為那樣比較酷，不是嗎？就像比企谷八幡一樣，像綾小路清隆一樣，像司波達也一樣。像是一個最強的主角。如果誰都辦得到，誰都會想用那種方式度過人生不是嗎？』

「…………………」

『可是，我辦不到。我沒那個能耐。我不是什麼奇怪的女生，但也不是普通的女生，就只是個不會看氣氛的傢伙而已。這種特質既不稀罕也不珍貴，就只是能力不足而已——也沒有任何不為人知的實力，就只是個吊車尾的傢伙而已。』

「……………………」

『這次也是，我好像又搞不清楚狀況了。水斗同學根本就沒有想要跟我暫時保持距離。仔細想想，之前明明已經說好要閃爍其辭含糊帶過了，我卻明確地告訴了班上同學說我們沒在交往……真的，我每次都這樣。腦袋裡明明很清楚該怎麼做，但當那一刻真正來臨時，卻總是做錯選擇。』

「……………………」

『現在也是，現在又做錯了。我為什麼要講自己的事情講這麼久？等一下一定會後悔，一定會羞恥到想死，想全部忘掉。可是我就是會再犯。就是不會看氣氛。什麼事情都只想到自己，看不見周圍的狀況——嘿嘿。其實別人說我這個女生很奇怪的時候……我心裡有點高興。可是真正的怪人才不會為了這種事高興……真是令人傻眼的平庸想法，對吧？』

「……………………」

『所以我不管做什麼，都是半吊子……畫畫也是，寫小說也是，想到在網路發布影片也是，全都在還沒給人看到的時候就放棄了。因為，因為，你不覺得嗎？網路上多得是比我

「奇怪」的人。比起那些人，我這種人根本沒什麼。』

「…………………」

『可是，水斗同學你是真的很特別。是真正的「怪人」。所以我很崇拜你……所以我很想跟你在一起……所以……』

「…………………」

『…………所以…………』

「所以妳才會喜歡上我？」

『不是。』

「…………………」

『不是……不是這樣的。不是的。這件事……只有這件事，我應該可以肯定……』

「…………………」

『…………………』

「……東頭。」

『嗯……』

「我想跟妳講一點，我以前的事情。」

『好。』

「念國中的時候，我特別愛看《腦髓地獄》。妳大概也猜到了，其實我只是覺得『日本三大奇書之一』這個頭銜很帥，幾乎沒看懂它在寫什麼。」

『……嗚哇啊……』

「就在那時，我交到了女朋友。那傢伙很喜歡本格推理，當迷妹當得很明顯，違反『推理小說十誡』的作品幾乎都被她罵翻。」

『……嗚哇啊啊啊……』

「簡而言之，我跟那傢伙都只是普通的國中生。只是普通的情侶。無聊到讓人打呵欠，更不可能變成小說題材。」

『…………………』

「東頭，我覺得大概沒有人是真正奇怪的。大家都很普通。」

『……跟我媽媽的說法正好相反。』

「假如所有人都很怪，那怪人才是正常人了。」

『或許……是這樣吧。』

「有時候自稱普通高中生的傢伙，其實才是最奇怪的人。」

『那種主角還滿常見的呢。』

「如果很常見，那他也還是很普通了。」

『所以全人類都很普通？』

「全人類都不是什麼最強角色，就只是普通的主角罷了。」

『這句話好像在哪裡聽過耶。』

「因為我也很普通啊。」

『…………………』

「…………………」

『……即使如此……我還是覺得，水斗同學很怪。』

「妳覺得我很怪，但我也覺得妳很怪。」

『我沒水斗同學那麼怪。』

「妳太看得起我了。」

『那你就——證明給我看啊。』

「…………………」

『讓我知道水斗同學也很普通……跟我差不了多少……證明給我看啊。』

「……好。」

『能夠立刻答應這種事，就已經很不普通了。』
「很普通啦。」
『哪裡普通了？』
「因為我只是看氣氛，先隨口回答而已。」
『……呵呵。』
「好笑嗎？」
『沒有……如果是這點小事，我也做得到。』

◆　東頭伊佐奈　◆

我掛掉電話，仰望自己房間的天花板。
……這個，也算是吵架嗎？
我跟朋友，吵架了嗎？
就連這種事都讓我覺得很開心——而為了這種事開心的自己，又讓我更開心。
我真討厭我自己。
普通人才不會為了這種事情開心。普通人不會開心的事情我卻覺得開心，可見我是個奇怪的女生，而我心裡的某個部分，又很高興自己是這樣的人。

真是個半吊子。

真的遜斃了，遜到不行。

水斗同學不可能跟這麼遜的我一樣。水斗同學很聰明，不會受旁人影響，是個能夠堅定自我的人。雖然他說會向我證明我們都是同一種人，但他能這樣說，就已經證明了他並不普通。

就是有像他那樣的人。

而我，並不是像他那樣的人。

我用毛毯把身體包起來，駝背縮成一團。

就算真能轉生到異世界，我一定也成不了大事。

隔天。

午餐我一個人吃。

放學後就立刻回家。

沒有跟水斗同學碰面。

隔天。

學校放假。

我睡覺打混了一整天。

沒有跟水斗同學碰面。

隔天。

學校放假。

我睡覺打混了一整天。

也看了一下上次畫的水斗同學。

沒有跟水斗同學碰面。

隔天。

午餐我一個人吃。
放學後就立刻回家。
沒有跟水斗同學碰面。

隔天。
午餐我一個人吃。
放學後就立刻回家。
也看了一下上次畫的水斗同學。
沒有跟水斗同學碰面。

隔天。
校慶的籌備幹部選好了。
大家開始討論要擺什麼樣的攤位。
已經沒有人在聊我跟水斗同學的事了。

過了一星期。

午餐——我本來打算一個人吃的。

『東頭。』

從離我很近的位置，傳來了聲音。

『東頭。妳聽見了吧？』

我戰戰兢兢地抬起了頭來。

水斗同學，就站在我的座位前面。

『我來找妳了。』

我往周圍東張西望。

許久沒有認真看過一眼的教室裡，所有人都盯著我跟水斗同學看。不只如此，就連走廊上的人都停下腳步看過來，想知道發生了什麼事。

『不用擔心。』

他說了。

就跟平常一樣，水斗同學如此說道。

『我的確不喜歡受人注目，但是——』

然後，水斗同學顯得有些害臊地說了：

『我更不喜歡失去與妳談心的時間。』

靜悄悄地……教室變得鴉雀無聲。

啊。

嗯？

……什麼！

我花了幾秒鐘，才弄懂他對我說的話。

霎時間——我的心臟開始暴動。

一口氣，就在一瞬之間，我的臉開始發燙，像是燒起來了一樣。

接著，教室裡的各位女同學發出了興奮的歡呼。

『我要死了——……！』『超、超羨慕的！我也想要有人跟我那樣說～！』『啊，等一下我真的快不行了。帥慘了……！』

教室鬧成一團，甚至有幾位女生一副快要斷氣的樣子。

不是，那個，什麼東東？等一下，剛才那句話是……對我說的？是對我說的……對吧？

在這種眾目睽睽的狀況下，無懼一切——啊啊……

我就說了吧，你一點都不普通。

「……………………」

我醒來了。

原來是作夢。

而且算是惡夢。

我不想再睡回籠覺，不想再作剛才的夢，於是爬了起來。

那很像是水斗同學的作風。

很像是會讓我開心的事情。

那種皆大歡喜的結局，或許是有可能存在的。

水斗同學無懼一切地來找我，讓大家驚聲大叫。而我們將那些人拋在腦後——

真是帥呆了。

如果辦得到，我也想那麼做。

可是——

要有水斗同學的那種個性，才辦得到。

「——伊佐奈！還不快給我起床！」

「啊哇！我、我已經起來了！已經起來了——！」

我今天依然會照常上學。

就只是很普通地去上學。

午休平靜地結束，下午的課也上完了。

……我今天還是一樣，不會去圖書室。

其實我只有一次實在忍不住，去那裡看了一下。結果水斗同學，並沒有出現在那個老地方。

……其實不用這麼努力沒關係的。

現在，已經沒有人在注意我們倆的事了。所以其實已經不用保持距離了……但不知道為什麼，水斗同學仍然規規矩矩地，想實現我在手機裡提起的微不足道的願望。

我懂。因為我們是朋友。

其實那件事大可以當作沒發生過，就當作沒聽見，像之前一樣在圖書室碰面聊天，放假的時候去對方家裡玩……我這樣就滿足了。沒關係的，上次那個只不過是一種挑釁與回嗆……

我偷偷從書包裡拿出平板電腦，看了看上次畫的水斗同學。

這幅圖畫，是我在水斗同學來家裡的時候畫的。

畫中人沒穿衣服，肌肉比本人結實……我好幾次想補上色的部分，但每次都會有種厭惡感與罪惡感湧上心頭，就作罷了。

每次看到這幅圖畫，都會讓我滿心後悔。

——真的很對不起。

對不起，我一時激動講了奇怪的話。請你不要跟我計較，一笑置之就好，不要把那種話當真。

既然我這麼不會看人臉色，那麼你也大可以不用看我臉色。

我已經很滿足了。

不用得到你的關注，你的心裡也不用有我，我只要能單戀你就很滿足了——

「…………呼。」

我輕嘆一口氣，拉回差點變得負面的思維。

我關掉圖畫，收好平板電腦，拉起書包的拉鍊。

好了——那麼今天還是一樣，早早回家吧。

回家的路上可以去一趟書店。說不定會有新書提早開賣——

就在這時，教室忽然掀起一陣騷動。

不知道是怎麼了？我一時心生疑問，不過反正跟我無關。

「東頭。」

這時——從離我很近的位置，傳來了聲音。

咦？

難道是今天早上作的惡夢，還留在腦海裡沒散去？竟然會產生幻覺聽見水斗同學的聲音，我的病情還真嚴重。

「東頭。妳聽見了吧？」

——嗯嗯？

難道說……不是我聽錯了？

我戰戰兢兢地抬起了頭來。

我還以為這次，只是我的幻覺。

但各位想不到吧，這可是現實情形。

水斗同學的本尊，就站在我的座位前面。

「………………」

我喉嚨發乾。

這可……不是在作夢。

是現實情形。

是真人真事。

「為……為什麼……？」

你為什麼要來？

在這種眾目睽睽的狀況下，無懼一切。

不是說好要向我證明嗎？

不是要證明……你跟我是一樣的嗎？

那又為什麼——要表現得這麼帥氣呢？

你不知道這樣對我——會害我想起自己有多膚淺嗎！

「………………」

水斗同學始終如一。

還是那麼地帥氣。

還是那麼地奇怪。

就像跟我的約定一樣——出現在我的面前。

……原來是這樣啊。

……果然跟我想的一樣。

水斗同學是個騙子。

可是……我太喜歡水斗同學了，所以我原諒你。

對。

因為我，就是喜歡這樣的水斗同學——

「……這給妳。」

「咦？」

水斗同學把幾張摺起來的活頁紙，輕輕放到我的桌上。

奇怪？

怎麼沒說「我來找妳了」？

怎麼沒說「不用擔心」？

你不是應該說些耍帥的話……迷得班上女生死去活來嗎？

「那我走了。」

水斗同學低聲說完，就匆匆離開了教室。

就好像想逃離扎在身上的視線一樣。

跟我今天早上作的惡夢……差得遠了。

教室裡的同班同學雖然無不一臉詫異，但很快就繼續去聊他們的天了。

好像什麼事都沒發生過似的。

只有我的桌上，留下了幾張謎樣的活頁紙。

……這就是……他的，證明方式嗎？

整整一星期，對我沒有半點表示……就憑這幾張紙，能夠證明什麼呢？

我戰戰兢兢地，打開摺起的紙張——

——然後，開始閱讀寫在紙上的文章。

「…………………………………………………………噗呼！」

我不斷往下讀……

「呵！啊哈……」

認真地閱讀……

「啊哈！——哈哈哈！」

全部讀完……

「啊哈！哈哈哈哈哈哈哈哈哈哈哈哈哈哈哈哈哈哈哈哈哈哈——！」

一回神我才發現，自己在哈哈大笑。

教室瞬間變得鴉雀無聲，無數疑惑的視線朝向了我。

啊，出糗了。對喔，這裡是教室。

不過——算了，管他的。

等到呼吸平順下來之後，我把活頁紙抱在胸前，將書包掛到肩膀上，從座位上站了起來。

我離開教室。

快步跑過走廊。

目的地是——水斗同學所在的地方。

一年七班的教室。

我毫不遲疑地，踏進了開著的門。

教室裡還有很多人在。

但我不在乎。

在他們當中，只有仍然坐在座位上的水斗同學，是我唯一在乎的事物。

「東頭同學——？」

我雖然聽見了結女同學的聲音，但就請她先稍候片刻吧。

我穿越人群，站到水斗同學的座位前面。

就像水斗同學，剛才做過的那樣。

「水斗同學。」

聽到我叫他，水斗同學抬起頭看著我的臉。

他那可愛的臉蛋，看起來像是故作若無其事……反而讓我覺得更好笑。

我把活頁紙，放到水斗同學的桌上。

然後──說出了對它的**感想**。

「──有夠！難看！」

這是我人生當中，說出來最痛快的一句負評。

這幾張活頁紙上，寫了一篇小說。

是一篇作者親筆書寫的自我陶醉文章，從頭到尾只有沒完沒了的獨白，毫無劇情的高低起伏，而且還沒有結局。就只是一篇蠢到家的小說。

這篇拿去新人獎投稿只會在初選被刷掉，投稿到網路小說平台連十分都拿不到的文章，正是水斗同學寫的小說沒錯。

我就明說了。

就這點程度，還不如我來寫比較有趣。

真讓我吃驚。水斗同學看過那麼多書，我實在沒想到他會寫出這種典型的自戀小說。還是說，他是故意寫成這樣的？

水斗同學尷尬地迅速調離了目光。

「……雖然早就猜到妳會這樣說，但被講得這麼直接，還真有一點受傷……」

「原來你有自知之明啊。」

「也不是，呃，該怎麼說……有人先跟我約好了，我給那傢伙看過。」

先約好了？

水斗同學會把自創小說拿給誰看……

這時，我看到結女同學一副敬謝不敏的眼神，看著桌上的活頁紙。原來如此，看來他已經先收到徵選評語了。

「話說在前頭，我可是寫得很認真喔。才兩千字就花了我一星期。我打從心底尊敬那些能夠每天在網路小說平台上投稿的作者。」

「也是啦，要有真功夫才能故意寫差嘛。」

「講話真的很不給我面子耶……寫完的時候我還以為寫得太好，給妳看了會造成反效果的說……」

水斗同學念念有詞，看起來是真的覺得很灰心。

看到他這樣，我由衷鬆了一口氣。

媽媽果然說錯了。

但也有些部分說對了。

其實大家都差不多。

可是每個人，看起來都很奇怪。

所以，想尋求安心。

希望別人看起來跟自己一樣。

希望別人變成自己能夠理解的存在。

能夠滿足這項需求的能力就叫「合群性」……

能夠滿足這項需求的方法論就叫「常識」……

能夠滿足這項需求的關係就叫「社會」。

如果是這樣，那我寧願抬頭挺胸捨棄合群性。

寧願抬頭挺胸變得欠缺常識。

寧願抬頭挺胸脫離社會規範。

我——寧願變成大家公認的「奇怪女生」。

反正不識相的我，最多也只能這樣了。

我想應該不用擔心。

就算我這麼做，又失敗了——也一定，不用擔心。

因為——

「水斗同學。」

對我來說，水斗同學既不普通也不奇怪。

即使不合群，即使不理會常識，即使脫離社會規範……

他的自我本色就足以讓我安心，看起來跟我一樣，是一個我能夠理解的存在——

「我喜歡水斗同學。」

——是世界上獨一無二的「特別」存在。

「我知道。」

水斗同學柔和地笑了。

「我也很喜歡妳。」

這位比我更普通，比我更奇怪的摯友，說出了跟我一樣的話來。

沒錯。

特別的朋友，就是所謂的摯友。

我與水斗同學並肩而行，前往圖書室。

雖然有一些人頻頻偷看我們，但我不介意。

不過我還是一樣，心中有點竊喜。

怎麼樣？這就是我的摯友。是不是很羡慕啊？

到頭來，我仍然是個庸俗的人。

我一邊走在走廊上，一邊輕輕彎下腰，探頭看看水斗同學的臉。

「對了，水斗同學，請問你想用姓氏叫我叫到什麼時候？」

「咦？」

「差不多可以開始配合我的稱呼方式了吧——？」

我們是摯友，卻只有我叫名字，就只有水斗同學叫我的姓氏太不自然了。我之前也婉轉地提議過，但是再這樣拖下去可能永遠都不會改變了，所以今天你別想逃。

水斗同學一面露出苦澀的表情，一面說：

「……不是決定不用改變了？」

「約定的內容是你會繼續當我心中期望的水斗同學。我的水斗同學會叫我『伊佐奈』喔？」

「嘖……腦筋轉這麼快幹嘛……」

水斗同學張開嘴巴，又合起來，別開目光……然後小聲說了：

「伊……佐奈。」

「再一遍！」

「伊佐……奈。」

「再大聲一點！」

「伊佐奈！這樣妳滿意了吧，伊佐奈！沒意見了吧，伊佐奈！」

「啊哇，哇哇哇！等……慢點……一下子給太多福利了啦……！」

看我被意想不到的逆襲殺個措手不及，水斗同學用鼻子哼了一聲，同時害臊地把臉別開。

霎時間，我腦袋接收到天外飛來的一個點子，得意地咧嘴笑了起來。

平常總是你讓我慌張失措——這次換我讓水斗同學驚慌失措也不為過吧？

「水斗同學，有件事我至今一直識相地沒說出來。」

「識相？就憑妳？」

「水斗同學的前女友，是結女同學對吧？」

水斗同學頓時停住腳步，表情結凍了。

「嗄……嗄？」

我看到他這樣，壞心眼地笑了。

「水斗同學——你可不要太小看我了喔。」

丟下這句話後，我腳步輕盈地逕自往前走。

水斗同學的腳步聲，急急忙忙地追了過來。

「不是！妳……什麼時候——」

「不告訴你。你自己猜吧～」

水斗同學與結女同學，都比我還要呆呢～

竟然期待我等到你們自己說出口才知道——我哪有那麼識相嘛。

◆伊理戶結女◆

水斗與東頭同學的緋聞，現階段可以說是越炒越熱。

但那與其說是謠言越滾越大——感覺比較像是兩人的關係漸漸被視為一種理所當然的事實。曉月同學的說法是早晚兩人的關係會失去話題性，成為眾所皆知的事情埋沒在日常生活中。

雖然騷動能告一段落值得高興，但對我來說，問題根本就沒得到解決。以媽媽的誤會作為開端，水斗與東頭同學的關係急速得到旁人的認知——這個誤會非但沒有解開，反而還惡化到傳遍了整個學校。簡而言之，如今已經幾乎沒有我介入的餘地了……

水斗與東頭同學，選擇半無視的態度，把旁人撇在一邊不管。

然而，我卻不能這樣做。

不同於那兩個在學校這個社會中幾乎可說特立獨行的人，我有我的立場，也有我的形象，簡單來說就是必須顧慮到面子問題——假如我無視於他人眼光追求水斗，被傳成我想搶東頭同學的男朋友，形象當然就毀於一旦了。

……更何況……

像水斗那種人，那個自尊心像聖母峰一樣高的男人，竟然會只為了讓東頭同學安心，就用生疏的文筆寫了小說，還拿給我看，然後親自拿去教室給她；這項事實不容忽視。

更重要的是——

——我也很喜歡妳。

當著眾人的面，公然說出的那句話！

不，我懂，我明白！就連我也聽得出來，那個跟戀愛意味的「喜歡」語氣上有所差異！

可是，說不定……我無法阻止這種不安的念頭閃過腦海。

也就是那男的……會不會其實，已經對東頭同學動了真感情……？

拒絕告白已經是過去的事了。水斗與東頭同學的堅定情誼無可置疑，我甚至覺得那已經漸漸超出了情侶的層級——感覺那兩人的關係，已經緊密到不需要經過告白這個步驟。

就算兩個當事人不認為這叫戀愛……他們之間，一樣沒有我能介入的餘地。

…………好吧，雖然這次同樣不用說，又是我推了他們一把啦！

奇怪了……？怎麼會這樣呢……自從我下定了決心以來，怎麼好像做的每件事情都在搬石頭砸自己的腳……？

「嗯嗯——……」

這下該怎麼辦呢？

我說真的，該怎麼辦呢？

就在我無所事事地躺在客廳沙發上念念有詞時，我聽見了大門打開的聲音。有人回來了。

坐起來一看，穿著制服的水斗正好走進客廳來。

「你回來了。怎麼這麼晚？」

「我回來了。跟伊佐奈去其他地方晃了一下。」

「喔——」

水斗從冰箱裡把麥茶拿出來喝，喘口氣之後就走出客廳上樓去了。

好吧，總之弄了半天，能恢復成原本的關係真的是可喜可賀。水斗也不用再跟伊佐奈客氣——

——嗯嗯？

伊佐奈？

「………………」

我顫抖著手拿出手機，打給了曉月同學。

「曉、曉月同學曉月同學！水斗他，水斗他……！」

『咦！幹嘛幹嘛結女妳怎麼啦！發生什麼事了！』

「水、水斗他！我跟妳說喔？水斗他……水斗他——……！」

『不要一直叫他的名字叫不停啦枉費我故意當作沒聽見！再叫我就要吐槽直呼名字的事了喔！』

「就是這件事！變成直呼名字了！」

『咦咦？但我很久之前就發現了耶……？』

「咦？很久之前？水斗早就在用名字叫東頭同學了嗎……？」

『……嗯？咦？妳說什麼？』

「我是說，水斗在用名字叫東頭同學……」

『不不不我不知道這件事第一次聽說！』

「他剛才叫她『伊佐奈』……」

『什麼——……真的假的啊～伊理戶同學他，竟然會直呼女生的名字……』

就連我都沒有！就連跟他交往的那段時期，他都沒叫過我的名字！

『先是家人公認然後是學校公認，現在又改變了稱呼的方式，是吧——……』

「我不知道該怎麼辦了……！曉月同學妳一定有什麼——」

『結女。』

「是！」

『只能怪對手太強了。』

「不要棄我於不顧啊——！」

◆　伊理戶水斗　◆

我走進自己的房間後，制服都沒脫就拿出手機，進入事前人家告訴我的群組聊天App語音頻道。

「喂？我到家了。」

『——嗚唔啊！妳怎麼有辦法這樣守崖（註：指遊玩「任天堂明星大亂鬥」時，於對手出場後守住懸崖位置，使對方無法回來的行徑）啊！這是打線上耶！』

「好猜到這種地步的話有沒有延遲就無關嘍～好，現在跳躍！」

『唔哦啊啊啊啊！』

「……你們在玩哪款遊戲啊？」

東頭伊佐奈在手機另一頭反覆喊著『遜掉了遜掉了！』這種低等級垃圾話。川波小暮則是正在氣惱地發出低吼。

在學校短暫討論了一下之後，我以為我是直接回家所以很快，沒想到這兩人好像比我快多了。大概是沒話聊，或是其中一人跟對方找碴，於是就決定用電玩分個高下吧。

我們三個人這種罕見的組合會一起聊天，原因只有一個。

『喂，伊理戶！你幹嘛找這個有夠沒水準的女人幫忙啊！戀愛方面的煩惱有我就夠了啊！』

「我可不記得有找過人商量。是伊佐奈主動提出來的。」

『什麼？又不知道在耍什麼心機了。被甩的女人在感情問題上給建議，怎麼想都有鬼吧？』

『我哪有那麼聰明的腦袋啊！那種的要頭腦很好的女生才有辦法好不好！』

「妳自己講自己不難過嗎？」

『那妳在打什麼主意？妳在伊理戶的感情問題上提供協助，對妳有什麼好處？』

『與其說好處……你想像看看嘛。比方說一起玩的時候，他忽然目光飄遠露出滿腹憂愁的表情好了，那不是會很在意嗎！』

『啊——的確有道理。』

「…………………」

我有露出過那種表情嗎？

『所以說，請你快快跟她復合不然就乾脆放下！不然我還得顧慮你的心情！』

「妳至今有顧慮過嗎……？」

『嘴上這樣說，其實是想拿傾聽戀愛煩惱當藉口尋求第二次機會吧？哇——還一副乖乖牌的樣子，這女的……』

『所以我不是把你這痞子男也叫來了嗎？這樣結女同學就絕對不會誤會了！』

『我看很難說吧～可以耍的手段多得是喔？比方說——』

『水斗同學……要不要拿我，練習當男朋友？』

『給我等一下妳這傢伙試試看！』

『我以為你是故意等我說啊。』

川波像個混混一樣吵鬧，伊佐奈擺起架子不予理會。明明面對面的時候怕成那樣，一變成語音通話就囂張起來了。

伊佐奈說『我的事情不重要』把討論內容拉回正題。

『實際上結女同學究竟是怎麼想的？也跟水斗同學一樣遲遲走不出來嗎？』

「我沒有走不出來。」

『『是是是最好是。』』

「為什麼就只有這種時候有默契啊……」

我唉聲嘆氣……但既然事已至此，乾脆把心裡的想法說出來好了。

「……我不太清楚。她看起來像是有那個意思，又好像只是在捉弄我。也有可能只是我想太多了。現在的那傢伙，跟我所認識的那傢伙相差太大……我什麼都搞不清楚。」

『我倒是覺得很有希望喔。不過可能因為我只是個外人，才能說這種話吧。』

『嗯——……事情是我提出來的，這樣講可能不太好意思，但有沒有希望沒差吧？』

『「嗄？」』

我與川波異口同聲地對這種應付了事的發言出聲抗議後，伊佐奈理直氣壯地做出宣言，彷彿都能看到她驕傲地挺起胸脯的模樣了。

『無論目前是有希望還是沒希望，只要甜言蜜語追到她就只有「喜歡」一個選擇！毫無猶豫的餘地！』

接著是短暫的空白。

這意見……對我來說，實在太出人意表……甚至讓我一時無法消化理解。

最後……

『——哈！哈哈哈哈！噗啊哈哈哈哈哈哈！』

川波爆笑了起來。

『原來如此！有道理！的確是都沒差！伊理戶，算你講不過她！噗哈哈哈哈哈！』

「不……不不不，事情哪有這麼簡單……」

『請放心！講到傾心於水斗同學，我東頭伊佐奈可是專家中的專家！我一定會塑造出一個我心目中最強的水斗同學，三兩下就把結女同學迷得神魂顛倒！然後你就可以毫無後顧之憂地放心陪我玩了！』

『他都跟女朋友復合了哪還有時間陪妳這個笨蛋玩啊。』

『水斗同學才不是心胸那麼狹窄的人呢你才是白痴。』

『妳說什麼！』

『你想怎樣！』

聽到兩人又開始在手機裡爭吵不休，我邊嘆氣邊喃喃自語：

「比起談戀愛，你們才是最難搞的啦……」

後記

後記是正篇的參考書——用電玩來比喻就是攻略本，我向來將它定位為一般文學文庫本裡的導讀；但這次寫作過程嚴重難產，我自己都想要一本參考書了。一切全都是東頭伊佐奈這個麻煩女生害的。

寫第二集的時候，其實本來有個點子是想在每段故事之間加入伊佐奈視角的獨白。之所以後來作罷，是因為我希望她暫時繼續當個謎樣存在——希望她仍然是個集理想與未知於一身的人物。已知無法變回未知。如同純屬意外或背後努力令人同情的小花招能夠變成魅力十足的密室殺人之謎，越是神祕的事物就蘊藏著越耀眼的光輝。特別是那種能讓人自以為了解的事物——水斗的雙眼大概就是被這一點所蒙蔽的，所以我希望讀者也能跟他處於同樣的心境，於是至今一直沒有寫過伊佐奈視角的文章。

結果搞了半天，才發現其實我也不了解她。

也許我已經說過不只一次，我自己也並不清楚這個系列之後會如何發展——要等到實際動筆寫作，我才會知道登場人物的內心思維，以及具體的行動理論。這一集的伊佐奈正是體

現了這一點，對於我已經完稿的文章，她竟然提出異議說：「不，這樣有點不對喔。」已經看完正篇的讀者應該知道，其實伊佐奈的那個「惡夢」場面是修正前原稿的高潮情節。我趕在特裝版較為緊湊的截稿日前好不容易才完稿，而且都已經告訴責任編輯這次有幾頁了，伊佐奈卻在這時候有意見，說：「好像不太對耶。」

妳倒是說說哪裡不對了？

我不懂。妳只跟我說好像不太對，請問到底是哪裡，又是怎麼個不對法？修改要求麻煩做得明確點。妳以為今天是幾號啊？再過三天就截稿了耶！

我在家重新想劇情想到快吐了，才好不容易過了她這關。看來用水斗的英雄行徑解決問題跟她的觀點不合。阿宅就是這麼難應付。

感謝插畫家たかやＫｉ老師、漫畫版作者草壁レイ老師、角川Sneaker文庫的責任編輯、參與廣播劇ＣＤ演出的各位配音員，以及本書出版方面的所有相關人士。不過流行病，你給我去死。

那麼以上就是紙城境介為您獻上的《繼母的拖油瓶是我的前女友５　世界上獨一無二的你》。結女同學怎麼快要自己變成敗犬女主了？

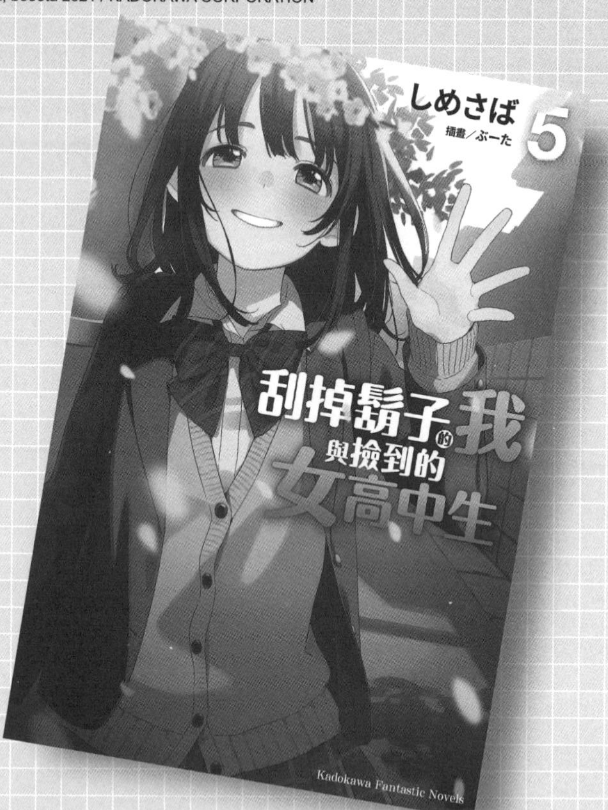

刮掉鬍子的我與撿到的女高中生 1~5（完）

作者：しめさば　插畫：ぶーた

「吉田先生，能遇見你這位有鬍渣的上班族實在太好了。」
上班族與女高中生的同居戀愛喜劇，堂堂完結！

吉田和沙優前往北海道，意味著稍稍延後的別離已然到來。在那之前，沙優表示「想順便經過高中」——導致她無法當個普通女高中生的事發現場。沙優終於要面對讓她不惜蹺家，一直避免正視的往事。而為了推動沙優前進，吉田爬上夜晚學校的階梯……

各 **NT$200~250/HK$67~83**

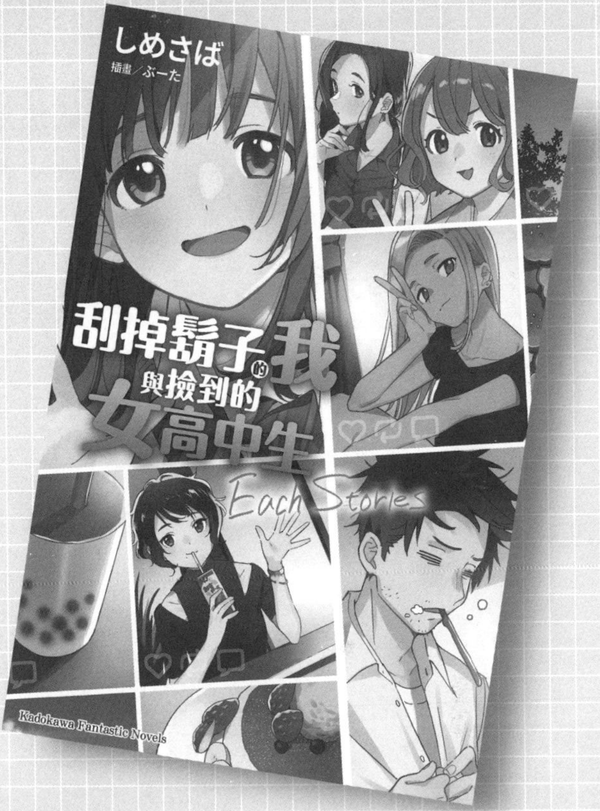

刮掉鬍子的我與撿到的女高中生 Each Stories

作者：しめさば　插畫：ぶーた

「沙優，話說妳果然很會做菜耶。」
「啊，是……是嗎？」

從荷包蛋的吃法，吉田和沙優窺見了彼此不認識的一面；要跟意中人去看電影，三島打扮起來也特別有勁；神田忽然邀吉田到遊樂園約會……這是蹺家ＪＫ與上班族吉田的溫馨生活，以及圍繞在兩人身邊的「她們」各於日常中寫下的一頁。

NT$220/HK$73

豬肝記得煮熟再吃 1~2 待續

作者：逆井卓馬　插畫：遠坂あさぎ

作為一隻豬再次造訪劍與魔法的國度！
最重要的少女卻不見蹤影……？

在我稍微離開的期間，聽說黑社會的傢伙造反王朝，目前情勢似乎很緊張。而我……我才沒有無法克制自己地想見到潔絲呢。而在這種局面中奮戰的型男獵人諾特，試圖拯救被迫背負殘酷命運的耶穌瑪們。王朝、黑社會、解放軍——三方間的衝突一觸即發！

各 **NT$220/HK$73**

二月 公

插畫／さばみぞれ

聲優廣播的幕前幕後

#01 夕陽與夜澄掩飾不了？

Kadokawa Fantastic Novels

聲優廣播的幕前幕後 1 待續

作者：二月公　插畫：さばみぞれ

台前好姊妹，幕後吵翻天……
拿出職業聲優的骨氣騙過全世界吧！

碰巧就讀同一間高中的聲優搭檔——夕暮夕陽與歌種夜澄將教室裡的氛圍原封不動地呈現給聽眾的溫馨廣播節目開播！然而兩位主持人的真面目跟她們偶像聲優的形象恰好相反，是最合不來的辣妹與陰沉低調妹……？

NT$250/HK$83

終將成為妳 關於佐伯沙彌香 1~3（完）

作者：入間人間　插畫：仲谷 鳰

睽違了多年的「相遇」——
沙彌香的戀愛故事完結篇。

小一歲的學妹枝元陽愛慕升上大學二年級的沙彌香。儘管沙彌香一開始警戒著積極地表達好意到甚至令人無法直視的陽，最終仍有如回應她的好意那般，開始摸索戀愛的形式，下定決心，要試著碰觸那星星看看……

各 **NT$200/HK$67**

長月達平
AUTHOR—Tappei Nagatsuki
插畫
藤真拓哉
ILLUSTRATOR—Takuya Fujima
原作—戰翼俱樂部
Rusalka(下)
戰翼的
希格德莉法
Warlords of Sigrdrifa
Kadokawa Fantastic Novels

國家圖書館出版品預行編目資料

繼母的拖油瓶是我的前女友. 5, 世界上獨一無二的你/紙城境介作；可倫譯. -- 初版. -- 臺北市：臺灣角川股份有限公司, 2022.01

面；　公分. -- (Kadokawa fantastic novels)

譯自：継母の連れ子が元カノだった. 5, あなたはこの世にただ一人

ISBN 978-626-321-115-5(平裝)

861.57　　110019018

Kadokawa Fantastic Novels

繼母的拖油瓶是我的前女友 5
世界上獨一無二的你

（原著名：継母の連れ子が元カノだった 5 あなたはこの世にただ一人）

2022年2月10日 初版第1刷發行
2022年8月25日 初版第3刷發行

作　者：紙城境介
插　畫：たかやKi
譯　者：可倫

發行人：岩崎剛人
總編輯：蔡佩芬
編　輯：邱瓈萱
美術設計：宋芳茹
印　務：李明修（主任）、張加恩（主任）、張凱棋

發行所：台灣角川股份有限公司
地　址：104台北市中山區松江路223號3樓
電　話：（02）2515-3000
傳　真：（02）2515-0033
網　址：www.kadokawa.com.tw
劃撥帳戶：台灣角川股份有限公司
劃撥帳號：19487412
法律顧問：有澤法律事務所
製　版：巨茂科技印刷有限公司
ISBN：978-626-321-115-5